きみとぼくが壊した世界

西尾維新

KODANSHA NOVELS
講談社ノベルス

CONTENTS

Book Design Hiroto Kumagai Noriyuki Kamatsu
Cover Design Veia
Illustration TAGRO

The world's adventures in wonderland,

■
■
■
孤独はいいものだということを、我々は認めざる得ない。
なればまた、孤独はいいものだと話し合える相手がいるのは、
もっといいことだ。
■
バルザック

せんたくもんだい編

1　K国際空港／ロビー（午前九時〜）

僕（病院坂黒猫《びょういんざかくろねこ》）が理不尽かつ不条理なこの世界に対して極めて許せないことがあるとすれば、それは僕を知る人間からしてみれば少し意外に思われるかもしれないが、実のところたったひとつだけだ——それは『理解できないこと』、である。僕はとにかく、それがどれほど些細《ささい》で微細《びさい》なことであれ、逆に巨大で壮大なことであれ、『わからないこと』を著しく嫌悪する。理屈のつかないこと、理論立てられないこと、そんなものがこの世に存在するというだけで、胸が悪くなり、気分が悪くなり、その場で嘔吐感さえ覚えるほどなのだ。願わくは、この世界が、せめて僕の理解の及ぶものであらんことを——しかし残念ながら（そんな僕のささやかな望みとは真逆なことに）、僕の視点から見て、この世界はあまりに不完成で、あまりに不完全過ぎる。愛すべき友人に言わせれば、壊れている。もとより壊れているのかそれとも誰かの手にかかり壊されてしまったのか、それは愛すべき友人の言葉からでは定かではないが——ともあれ、不完成かつ不完全な形のままで成立してしまっている。たとえば僕は質問する——しかしその質問に答えてくれる者はいない。いつだって、僕は質問される側の人間なのだ。神様から出されたクイズに答え続けることが、僕の短い一生に課せられた宿題のようなものなのだった。もっとも、僕は愛すべき友人のように、この世界が壊れているとは露《つゆ》ほども考えていない——不完成で不完全であっても、決して壊れているとまでは思わない。仮に壊れていたとしても、それは十分に修繕が利く範囲内のことだと思っている。だからこそ僕は神様からのクイズに答え続けるのだ——決して解答を放棄することなく、決して『わかりません』と言うことなく。その解答権は、僕の価値のない人生を捧げるのに十分に値する権利であると、愚かなまでに頑ななほど信じながら。

そんなこんなで、僕は一月二十日、午前九時、K国際空港のロビーにて、旅行用トランクに腰掛けて、愛すべき友人を待っていた。高校三年生の当たり前の感覚で言わせてもらえるなら、この日はセンター試験の直後というスケジュールである。とは言え僕はセンター試験を受けてはいないのだが、勿論《もちろん》このスケジュールは、愛すべき友人に合わせたものなのだ。待ち合わせの時刻は実のところ九時半だった——愛すべき友人は、このように待ち合わせた場合、およそ待ち合わせ時刻の三十分前に現れることが多いが、しかし僕は一時間前に現場に到着することがルーチンワークなので、実質、待ち合わせの時刻は八時四十五分だったようなものだ。そうとでも考えないと、お互いにお互いの辻褄《つじつま》が合わなくなってしまうだろう。愛すべき友人のセンター試験の結果は知らないが——知ろうと思えば知ることはたやすいが——何も言ってこないところを見れば、どうやら目標以上の点数を取れただろうことは間違いないはずだ。もっとも、彼は僕と違ってまっとうな受験生なのだから、そうでもない限り、仮に彼の両親が度を過ぎた放任主義だったところで、この時期に海外旅行など認められるわけがない。

海外旅行。

ロンドン、機内を含め五泊六日の旅。

空港まで来ておいてこんなことを言うのも今更に過ぎるが、ロンドンというのは、高校三年生がふたりでする旅行の行き先として設定するには、若干ハードルが高い気がしないでもない——いや、正直に白状すれば、そもそも僕は、空港という場所に来ること自体が初めてである。僕は人ごみが苦手なので（とんでもなく苦手だ）、果たしてどんなものか、どれくらいのものかと不安にかられていたのだが、実際に到着してみて安心した。確かに空港は人では込み合っていたが、この空港はそれを込み合っているところを思わせないほどに広かった。まっすぐに歩いていても誰かとぶつかる心配がまったくないほどだったのだ。助かったと言うより、救われた気分だった。ちなみに空港まではタクシーを使った。わけあって、この旅行に関しては、金銭に関する心配をする必要がないのだ——その点において、万全のバックアップを得ている。いっそのこと飛行機をチャーターしたいという願いは、さすがに却下されたが。愛すべき友人は僕の極端な人間恐怖症のことを熟知しているので、いっそ僕達の通う学校あたりで待ち合わせをすればいいんじゃないかと提案してくれたが、僕にも一応意地というものがある、この旅のホストとして、その提案は突っ撥《ぱ》ねた。愛すべき友人はその点において僕のことを過大評価している風があるが、実際のところ、僕は未だ、その手の幼稚さが抜けないつまらない人間なのである。空港までひとりで来られた程度のことを自慢に思っているようではこの先の旅路が思いやられると、それは自分でも思うけれど。

まあここから先はひとりではない。

二人旅なのだから。

そんなことを思いながら、僕がロンドンの観光ブックを読んでいると——時間通りでこそないが、しかしやっぱり予想通りと言うべきなのだろう、愛すべき友人がこちらに向かって、片手をあげながら近付いて来るのが見えた。何を考えているのかわからない無愛想な顔は、百メートル先からでもあからさまだった。まあ人口密度は低いとは言え、知らない人間ばかりの場所にひとりでいることに少しの心細さも感じていなかったと言えばそれは大きな嘘になるので、知っている人間と会えた喜びも含め、明るく華やかにそして盛大に（つまりいつものように）、彼を出迎えようと僕は顔を起こしたが、しかし彼のその立ち姿を見て、らしくもなく僕は言葉を失ってしまった。

彼はやけにちっちゃなセカンドバッグを片手に現れたのだ——他には一切の荷物を所持していない。僕は自分の腰掛けている旅行用トランクに一瞬目を落とし、それから貴重品やら薬やらを入れたボストンバッグにも視線をやって、再び彼のほうを向いた。彼は僕のそんな反応をいぶかしむように、

「どうした？　病院坂」

と言ってきた。

「今日は静かだな。のべつ幕なしにまくし立てる病院坂トークはどうした？」

「…………」

「気分でも悪いのか？　やっぱきみがひとりで空港に来るなんて無茶だったんじゃないか。だから一緒に来ようって言ったのに——いや、僕が悪かったな。きみが何と言おうと、強引に引っ付いてくればよかった」

僕の身体を気遣うようなことを言ってくるが、しかし普段ならとても嬉しく響くであろうそんな言葉もまるで僕の心を打たなかった。

「様刻《さまとき》くん」

かすかな希望を胸に、僕は訊く。

「荷物はもう預けてきたのかい？」

「いや？　こんだけだけど」

愛すべき友人——櫃内《ひつうち》様刻くんは、手にしていたセカンドバッグを掲げるように持ち上げて、僕に示しつつ、質問の意味がわからないというように、きょとんと首を傾《かし》げた。

「パスポートとお金さえ持ってりゃいいんだろ？　そう言ってたじゃないか」

「……確かに僕はきみに対してそう言ったけどさ」

それは究極的にという意味であって、まさか本当に、ここまでの軽装でやってくるとは夢にも思っていなかった。というか、近所のコンビニに行くみたいな鞄の大きさである。セカンドバッグとは二番目のバッグという意味で、無言のうちにファーストバッグの存在を裏付けているはずなのだが、様刻くん

はその不文律をあっさりと打ち破ったらしい。

様刻くんは見慣れた学生服姿。

まあこれについては僕がお願いしたことだ――僕も同様に、制服姿である。本質的な旅の目的から考えて、僕達は私服よりも制服でいたほうがいい。しかしその学生服の上にいかにもやる気のなさそうなぺらっぺらのコートを袖も通さずに羽織って、ちっちゃなセカンドバッグを持っている姿は、海外旅行という言葉とはどう頑張っても繋がりそうになかった。僕の頑張りが足らないのか？　いや、そんなことはないはずだ。Ｂ5サイズのノートがぎりぎり入るくらいのセカンドバッグで、様刻くんは何をどうするつもりなのだろう。あのバッグが四次元空間に通じているのでない限り、およそ納得できそうにない。

「余計なもん持って行って向こうでなくしたら大変だしな。ん？　うわ、病院坂、きみ、すげえ量の荷物じゃないか」

様刻くんは僕の腰掛けている旅行用トランクによう やく気付いたようで、驚きのリアクションを取った。僕は体力及び腕力が大袈裟でなくゼロと言い切っていいほどに皆無なので、荷物があまり重くなると持ち運びができなくなる。だからこれでもかなり厳選したつもりだったのだが、しかしどう軽く見積もっても、僕の荷物は様刻くんの荷物の十倍以上はあるだろう。というか、様刻くんの持つセカンドバッグ程度を、普通は荷物とは称さない。

うわー。

なんだかがっかりだよお。

曲がりなりにもと言うか、一応、仲のいい友達との二人きりでの初めての旅行ということで、割と、いやかなりうきうきしていた僕だったのだけれど、そのうきうきが今となってはとても恥ずかしい気がしてきた。なんだこの羞恥心。昨日の晩とか、僕、すごい楽しみにトランクに荷物を詰めてたのだけど、様刻くんは今朝起き抜けに五分で用意したような量の荷物で来やがった……学校用の鞄に教科書を詰めるのだって、もうちょっと手間がかかってそうだ。

「まあ、向こうで何かあったらと考えると、つい色々持っていきたくなってしまってね。様刻くんみたいに気楽に構えてはいられないのだよ」

皮肉げな口調になってしまうのは防ぎようがなかったが、しかし、ここで僕ががっかりしていることを様刻くんに悟られてしまうのも、僕の望むところではなかった——と言うか、様刻くんが期待する『病院坂黒猫』という僕のキャラに、それはそぐわない反応だろう。彼の僕に対する過大評価は若干以上に迷惑なのだが、しかしできる限りそれに応えてあげたいと思うのもまた、人情だった。

「そんなの、向こうで買えばいいじゃん」

彼の鈍さは折り紙つきだ、勿論僕の皮肉にまるで気付くことはなく、様刻くんは気楽というよりは楽観的なことを言う。その考え自体は間違っていないのだが、しかし、現在のロンドンの物価の高さは、確か教えたはずなのに、それは忘れてしまっているようだった。一応、今回の旅行に関しては、僕がタクシーを自由に使えるのと同様、様刻くんも旅費の心配をしなくてもいいことになっているが、しかし、プライベートな買い物まではその限りではない。絶対お金貸さないからな。

「……じゃあ、お互い初めてのことだし、もう搭乗手続きを済ませてしまうとしようか、様刻くん。ここで時間を潰すのも搭乗口付近で時間を潰すのも同じことだしね」

ロンドン行きの飛行機の出発時刻は十一時半である——海外旅行の場合、出発時刻の二時間前には空港に着いていないと駄目なのだそうだ。飛行機に乗ったことのない僕はその助言に従うしかないが、しかし時間を無駄にしている感は否めない。ただでさえ、ロンドンまでは、半日そこそこ、かかってしまうというのにだ。

言って、僕が腰を浮かすと、様刻くんは当たり前のように、それまで僕が腰掛けていた旅行用トランクを手に取った。そしてこれまた当たり前のように、それが自分の荷物であるかのようにコロコロと引きずっていく。

「ん？　どうしたよ。チケット関連は全部きみが持ってるんだから、一緒に来てくれないと、手続きのしようがないだろう」

「……そうだね」

さりげない優しさには気付かない振り、ということで、僕は敢《あ》えて礼を言うことなく、様刻くんの後ろについていったのだった。こんなことで、先ほどのがっかりが埋め合わされてしまった自分の単純さには、少しばかり呆れてしまったけれど。

2　K国際空港／搭乗口（午前十時半～）

僕の旅行用トランクを手荷物として預け、僕たちは無事にふたりとも身軽な身体となり、ロンドン行きの飛行機の搭乗口付近の待合椅子に、並んで腰掛けていた。僕が左で様刻くんが右。飛行機の出発時刻は十一時半――つまり搭乗開始は十一時過ぎ頃。まあ、余裕のあるスケジュールだった。さすがに搭乗口となると、これから飛行機に乗るのだろう人達が集まっていて、人口密度は格段に上がり、人間恐怖の僕――理不尽と不条理を嫌う僕には、いささかぞっとする光景だった。これから帰国するのだろう、既に外国人のかたも結構な割合で見かける。変わりどころでは、僧形の男性が、少し離れた場所に座って和綴《わと》じの本を読んでいた。なんだろう、ロンドンまで、仏《ほとけ》の教えを伝道しに行くのだろうか。とにかく、人間が多いと『わからないこと』とは言わないまでも、不安になるようなあれこれが散見して、否《いや》が応《おう》でも考えてしまい、どうしても気分が悪くなる。隣に様刻くんがいてくれなかったら、僕はとっくに蹲《うずくま》ってしまっているだろう。機内に乗り込んでしまえば人口密度はまたぞろ散り散りになるはずなので、それまでの我慢だった。窓の向こうに見える巨大な飛行機を眺めながら(飛行機をこの距離で見るのも、僕は初めてである――思ったよりも感動するものだ)僕はそう思った。

「ところで、病院坂」

そんなわけで取り立てて意味のない、時間潰しの雑談をしていたところで――ちなみにそれまでの雑談の内容は、主に様刻くんの妹さんのことだった。彼は妹が大好きな変態なのだ――ふと、様刻くんは、僕に質問を投げかけてきた。神様のように。

「いったいロンドンに何しに行くんだ?」

僕が様刻くんを、このたびのロンドン行きに誘ったのは年が明けて直《す》ぐのことである。つまり出発日である今日まで、二週間以上の時間的余裕があった。にもかかわらず、様刻くんが僕にこの質問を投げかけてきたのは、これが初めてのことだった。正直言って僕自身、一番面食らっていたのはそこだった――どうしてこの男は、いきなり海外旅行に誘われて、理由も目的も訊かずに、あっさり同行を承諾してしまったのだろう。こっちは様刻くんと違って常識人である、誘った手前、理由や目的は早めに説明しておきたかったのだが、完全に言うタイミングを逸してしまい、そのまま今日に至ったのだった。いいのかな、いいのかなあと思いながらも、しかし訊かれもしないことをこちらから言い出すのも、まるで後ろめたいことがあるみたいで気が引けたのだ。様刻くんのほうにしても、訊くに訊きかねて、このぎりぎりになってようやく訊けた――というわけではまったくなく、彼の場合は本当にただの雑談のついでで、時間潰しで訊いたといった様子で、その表情に気負った感じはまるでない。この高校三年生は、ロンドンのことを本当に近所のコンビニ程度に思っているのではないだろうか。

もっとも（時として大いに不満はあるものの）この僕が様刻くんを高く評価している——恐らく、全人類を単位として考えたところで、五本の指に入れるくらいに評価していることに明確な理由があるとすれば、それはつまるところ、様刻くんのそのシンプルさに尽きるだろう。

彼は何と言うか——恐ろしいほど簡単だ。きっと海外旅行に際しての、そぎ落としたがごとき荷物の少なさも、その簡単さに起因《きいん》するものなのである。いや、この言い方ではまるで悪口のように聞こえてしまうかもしれないし、実際、僕は悪口としても彼をそう評価するが——とにかく、彼のシンプルさは十八歳の現在にして既に常軌を逸している。正しいとか間違っているとかではない——シンプルなのだ。シンプルだということは、わかりやすいということだ——僕の嫌悪する『わからないこと』からは、真っ向から対極に位置する存在である。

けれど、いくらセンター試験は終わったとは言え、本試験を前にしたこの大事な時期に、学校を休んでまで僕の個人的な旅行に付き合ってくれようというのは、シンプルにもほどがあるという感じだ。

「僕の遠い親戚に笛吹《うすい》という男がいてね」

とにもかくにも、待ちに待った瞬間だ。溜め込んでいたものを吐き出すような感覚で、僕は今回のロンドン旅行の目的を、様刻くんに説明し始めた。何、そんな長い話でもない。飛行機の搭乗案内が開始される前には、つつがなく終えることができるだろう。

「これがまた、一族には珍しいタイプの道楽者で——まあ一族のはぐれ者である僕から見れば、それは好ましいとしか言いようがないがね——世界中に友達がいる」

「世界中に友達。羨《うらや》ましいね」

様刻くんは心のこもっていない口調でそう言った。彼はあまり友達の多いタイプではない。『友達』と胸を張って言える人間が様刻くんしかいない僕とは比ぶべくもないにしても、シンプルさを追求するあまりに、余計なパーツを人生に増やしたくないと言わんばかりだ。だとすると、笛吹の奴とは、様刻くんは対極的な存在なのかもしれない。笛吹はまるでそれが価値のあるコレクションでもあるかのように、人生のパーツをかき集める。

「英語が喋れると世界中に友達ができる——とか、インターネットができると世界中に友達ができる——とか言うけどさ。できねえよな」

ぼやくように様刻くんは言った。自分の友達の少なさをまるで一般論のように言うのは感心できないが、しかし、友達ができるかどうかは、言語やコミュニケーションツールのあるなしに、そこまで左右されるものではないのは確かである。人間は犬とだって友達になれるし、言ってしまえば、何の縁もないテレビに出ている芸能人とだって、心が通じ合えたりするものだ。

「友達を作るというのは才能だよ。笛吹はそういう意味では、まず天才と言っていい男だろうね」

「笛吹笛吹、呼び捨てで言ってってけどさ。何、僕達と同世代の奴なのか？　要するに、そいつが今回の旅のパトロンなんだろう？」

「いや、壮年《そうねん》の紳士だよ。目上の人物を呼び捨てにしているのは、親愛の証だと思ってくれ」

全然違うが。

好ましいと好きは違うのだ。

「ともかく、その笛吹の無数にいる友達の一人に、ロンドン住まいの作家がいる。その名をガードル・ライアス」

「知らないな」

「そうかい。様刻くんならひょっとしたらと思っていたがね。一応、何冊か、著作が日本語に翻訳されてるよ。持ってきているから、あとで貸してあげよう。推理作家だ」

「推理作家か」

様刻くんがちょっとうんざりしたような顔つきになった――つまり、うんざりしたのだろう。様刻くんはそれなりに読書家であり、また一時期、かなり深いレベルで推理小説に傾倒《けいとう》していたらしいのだが、どこかではぐれてしまったらしい。蛇足となりかねない注釈をしておくと『はぐれてしまった』というのは、まあ、柔らかい表現である。好きだったジャンルの小説を読まなくなったとき、好きだった作家の本を読まなくなったとき、『飽きた』とか『卒業した』とか言ってしまっては、それは今まで好きだったジャンルや作家、それに何より過去の自分を否定することになってしまう――そんなジレンマを解消してくれるのが、『はぐれた』というこの言葉である。『推理小説からはぐれてしまった』、『あの作家は五作目以降はぐれてしまった』。しょうがない、はぐれてしまったのだから。ジャンルにも作家にも、勿論読者本人にも責任はない。

「向こうじゃそこそこ名の知られた作家らしいのだがね――もっともそれは笛吹からの情報なので、話半分に聞いておいたほうがいいかもしれないな。誰だって、友人を紹介するときは、多少大袈裟に言いそうなものだ。僕だって様刻くんを誰かに紹介するときは、極めてノーマルな好青年だと言うだろう」

「きみの知り合いは変な奴ばっかりだから、できれば紹介して欲しくないけどな」

様刻くんは時たま、ナチュラルに酷《ひど》いことを言う。何を言っても僕は傷つかないと思っているのだ。それもまた過大評価、僕を分厚い鋼鉄の板か何かと勘違いしているらしいのだが、正直言って、その期待は重過ぎる。どちらかと言えば僕は他人の肩に頭を預けたいタイプの人間なのだが――平たく言えば甘えんぼさんなのだが――まあ、最初の最初は、どうしたって自分で張り始めた意地だ。そんな自分と『はぐれてしまった』とは、まだ言う段階ではないだろう。そもそもこの場合、先に酷いことを言ったのは僕だったような気もする。

「で、そのガードル・ライアス氏がどうした？」

「うん。それなのだが——先々月だったか、笛吹はガードル・ライアス氏から相談を持ちかけられたらしいのだ。笛吹自身、友人であると同時に、ガードル・ライアス氏のファンだということでね——できればその相談に応《こた》えてあげたいと思ったらしい。しかし彼はなかなか多忙な男でね。と言っても、主に仕事ではなく趣味で忙しいだけなのだが——どうしても長期間のスケジュールは割《さ》けないし、ましてプライベートで海外旅行などもっての外なのだそうだ。そんなわけで——」

「きみにお鉢《はち》が回ってきたわけか」

「そういうことだ」

様刻くんの言葉に、僕は頷《うなず》く。

「笛吹は本当は、前に話したっけな、迷路《めいろ》ちゃんという、僕が一族の中でもっとも好ましく思っている従妹《いとこ》にお願いしようと思っていたらしいのだが、まあ色々あって、それが無理になってしまったのでね」

「迷路ちゃんって、あれか、『静かなる人払い令』がどーとかいう……しかし、その子、確かまだ中学生じゃなかったか？」

「高校生をロンドンまで派遣しようという紳士だよ。相手が中学生だろうが関係ないのだろうさ——常識の通じる相手ではないんだ。まあ認めたくはないが、僕は僕で、笛吹に多少なりとも恩義があってね。回ってきたお鉢を受け取らないわけにはいかなかったのだ。多少の条件を折り合わせはしたがね」

多少の条件、というのが、日時と、様刻くんの同行である。恐るべきことに、笛吹は最初、僕をひとりでロンドンに行かそうと思っていたらしいのだ。どうせお前は卒業したらアメリカに行くのだから今から英語圏に慣れておいたほうがいい——とか何とか、勝手極まりないことを言っていたが、冗談ではない。

「まあ、きみの場合は進路も決まっていて、この時期は暇だしな。旅行するには、いいタイミングなんじゃないか」

まだ本試験を後に控えている様刻くんは、しかしそれをまるで他人事のように言う。色々考えているように見えて、実は彼は何も考えていないのではないかと思わされることが多々あるのだが、今もまさにそうだった。とは言えそんなことを言って喧嘩になってもなんなので(仲のいい同士で旅をしたら結構な高確率で喧嘩になってしまうというのは、よく聞く話である)、僕は、

「そうだね」

とだけ、頷いた。

「だから僕としては、あくまでも観光気分だよ。こうなったら無理にでも楽しむしかないだろう」

「ふうん。で——その作家先生が持ちかけてきた相談って何だよ。笛吹って人の代わりに、きみがその相談に乗ってやるって話だろ？」

「それが奇妙な話でね——まあその、これは僕が言っているわけじゃなくて、笛吹がそう言っていたというだけのことだから、仮に今からする話を噴飯ものだと思っても、僕の神経を疑ったりはしないでくれよ？　僕は様刻くんにだけは軽蔑されたくないんだよ」

「僕がきみを軽蔑するわけないだろ」

さらっとそんな台詞《せりふ》を口にするあたり、様刻くんが陰で女子に人気のある理由もわかろうというものだ。もっとも、その陰から出てくる女子はなかなかいないのだが——遠過ぎず近過ぎずの距離で見守りたい存在ってところなのかな。男子としては、それは報われない話である。知らないところでモテても何の価値もない。

「ガードル・ライアス氏は、まあ元々それほど筆の

速い作家ではなかったそうなのだが、ここ三年ほど、著作を発表していなくてね」

「デビュー何年目で、現在の著作が何冊なのか、一応、訊いておこうか」

いかにも興味なさそうな口調だった——まあ、責めるには値しない。知らない作家の履歴など、聞いて面白いものではないだろう。会話に付き合ってくれるだけ、感謝しなくてはならない。

「確か、デビューは二十年くらい前だったはずだよ」

「うわ。僕たちが生まれる前じゃん」

「まあ人に歴史ありだよ」

この場合僕の受けもおかしいのだが、しかし自分の生まれる前の話をするのは、どうにも不思議な感触があるものだ。多少言葉の感覚がずれてしまっても、それは一般的には容認できる範囲内のことだろう。

「ってことは、作家先生、若くても四十歳くらいなんだな」

「二十代半ばでデビューして、現在四十五歳……みたいな話だったと思うよ。確かね。で、現在の著作数は、十二冊」

「ふうん。多くもないけど少なくもないな」

「二十年のキャリアを考えたら、少ない部類だよ。とは言え——ここ三年著作を発表していないということは、十七年で十二冊と計算するべきなのかもしれないけどね。勿論、作家先生はこの三年、遊んでいたわけではない」

様刻くんの言葉が移って、僕もまたガードル・ライアス氏のことを『作家先生』と言ってしまった。まあ、会ったこともない人を称するのには、そっちのほうがわかりやすいかもしれない。

「むしろ、他の仕事を一切断って、入魂の一作を書いていた——そうなのだよ」

「入魂の一作？」

様刻くんは首を傾げる。

「個人的には作家がそんなことを言い出したら最後だと思うけどな。ロクなもんが仕上がらない。ひとりよがりの物語ができあがるのが落ちだぜ」

「ひとりよがりでない物語などないよ」

僕は肩を竦《すく》めてそう言った。どうにも、様刻くんの書物に対する価値観はラジカルで困る。この場合、シンプルとラジカルは同じ意味なのだが、しかしものには限度というものがあるだろう。どうせ僕が何を言ったところで聞きやしないのだが、形の上だけでも、とりあえず諫めておいたほうがいい。あのとき僕はきみの言葉に同意はしませんでしたよ、という、アリバイ作りのようなものだ。

「ともかく、三年越しで、その『入魂の一作』は完成した。それが先々月のことだ」

「なるほど――ってことは、来月あたりに、それが本になるのかな？」

「いや。現時点で出版の目処《めど》は立っていない」

「？」

再度首を傾げる様刻くん。

「どういうことだよ。没ってことか？」

「このままでは、そうなる――ということだ」

僕は言う。

「しかしそれは、書き上げた小説がつまらなかったから、箸にも棒にもかからないものだったからではない――大体、この世に面白くない小説などないのだ」

「いや、そういう建前っぽいのはいいから」

様刻くんは手を振って、話の先を促した。どうやら少しだけ、興《きょう》が乗ってきたらしい。現金な男だ。もっとも、彼は面白い本と面白くない本を選別するタイプの読者なので、単純に僕の言葉が鬱陶《うっとう》しかったのかもしれない。だとすれば不機嫌を隠そうともしない、愛すべき友人だった。

「なんというか、曰《いわ》くつきでね」

僕は話を戻した。

「作家先生は、呪いの小説を書いてしまったのだ――そうだ」

「呪い？」

途端、様刻くんは怪訝《けげん》そうな顔をする。乗った興から滑り落ちたという感じだった。

「なんだそりゃ」

「読み終えた人間は必ず死ぬ——そんな小説を書いてしまったそうだ」

「………………」

名状しがたい表情になった様刻くんは、あえてコメントしようとしなかった。対応が面倒臭いときの選択肢に『沈黙』を含めている、そんな様刻くんである。饒舌を以って主義とする僕には考えられないことなのだが、しかし確かにこうして使われてみると、案外有効な戦略であるようにも思われた。言った自分が恥ずかしくなるような話だ。まったく、笛吹もこの僕に対し、とんでもないお鉢を回してくれたものである——まるで筋違いだが、迷路ちゃんのことまで逆恨みしてしまいそうになる。もっとも、この手の話は、僕よりも確かに、迷路ちゃん向きの話だろう。表情豊かな彼女の、喜ぶ顔が目に浮かぶようだった。

「確か」

沈黙に耐え切れないのは、いつだって僕の性《さが》だ。言い訳のような口調になってしまったのは、この場合、まあ仕方あるまい。

「夢野久作《ゆめのきゅうさく》の代表作の『ドグラ・マグラ』が、そんな小説じゃなかったっけな——作者は『この小説を書くために生まれてきた』と豪語したという」

「ああ。それで——『読めば発狂する』んだっけ。ドグマグ、懐かしいな。小学生のときだったか中学生のときだったか、読んだよ」

「できれば中学生のときであって欲しいね」

あの本を読む小学生というのは嫌過ぎる。

「ほら、確か冒頭でさ、お兄様、お兄様って連呼されてるじゃん。あそこですげえ感情移入できてさ、一気に読み終えたんだけど——あー、他、どんなストーリーだっけ」

「夢野先生が草葉の陰で嘆いておられるよ」

作家は読者を選べないとは言え、様刻くんの感想はあまりに酷過ぎた。そうは言っても、ならば『ドグラ・マグラ』の粗筋を詳細に説明してみろと言われたら、この僕といえども、言葉に窮することになるだろう。世の中には梗概《こうがい》の作成を拒否するストーリーというものがわずかながらに存在するのだ——だからこそ、『ドグラ・マグラ』は『読めば発狂する』とまで言われたのだろう。

「とは言え、病院坂、僕もきみも、ドグマグ、ちゃんと読んだのに発狂してないわけだから、大袈裟なコピーではあったんだろうけどな」

「いや、僕はともかく、様刻くんはどうなんだろうね……」

彼のシスコンの原因がかの名作にあったと考えるのは、いくらなんでも穿《うが》ち過ぎだろうが、先ほどの感想を聞く限り、若干以上に心配になる。それは僕が心配性なせいではないはずだ。

「目を引くコピーなのは確かだけど」

「ああ、そういうことか？　だから、その作家先生の新作に、『読み終えた人間は必ず死ぬ』っていうコピーをつけようとしたけれど、それが不謹慎だか何だか、そんな感じに問題になって、それで出版できないとか……作家先生も言い出した手前あとに引けなくなっちゃったとか」

「いや、残念ながら」

僕は言った——それがこの話の肝だった。

「その新作——未だタイトルは決定していないそうだから、たとえまだ出版されていなかったところで現時点では『その新作』と言う他ないが……、その新作については、『呪いの小説』という言葉や、『読み終えた人間は必ず死ぬ』というコピーは、決して大袈裟ではない——そうだ」

「は？」

「その新作を読み終えた人間——ガードル・ライアス氏の奥方、そしてガードル・ライアス氏のエージエント。この二名が現実に——命を落としているのだよ」

3　機内／座席番号41列目（正午〜）

僕の目算《もくさん》が甘かったようで、結局、話の途中で搭乗案内が始まってしまった。様刻くんもあまりがっついて話を聞いてこようとしなかったので、そこで話を打ち切り、機内へと乗り込むことになった。飛行機の中も初めてだったが、席同士の間隔が思っていたよりもずっと狭く、ちょっとばかり面食らった。これはどうまかり間違っても、僕にはひとりで乗れる乗り物ではない。高校卒業後、アメリカに行くときは絶対に船を使おうと決意を固くした。ファーストクラスだか何だか、いい席に座ればそんなこともないのだろうが、しかしどうも、豪華なのや豪勢なのは肌に合わない。我ながら困った性分である。もっとも、飛行機が走り出し、離陸したときには、結構な驚きとともに、やはり感動したものだった。勿論、飛行機が空を飛ぶ仕組みくらい知っている——それ自体に不思議を覚えたりはしない。しかし実際、こんな鉄の塊《かたまり》が空を飛ぶという体験には、確かに知識以上のものがあった。まあ、その辺りについても様刻くんはやっぱり様刻くんで、何を考えているのかわからない朴訥《ぼくとつ》とした表情で、むしろつまらなそうに離陸の瞬間を迎えていた。僕が感動屋さん過ぎるのかもしれないけれど、彼はあまりに無感動屋さん過ぎる。同じく飛行機に乗るのが初めてのはずなのに、この無反応は何だろう。横でつまらなそうな顔をされていると、こっちまで楽しみ辛くなってしまうのだから、これは共に旅をする人間としては、様刻くんは人選ミスだったのかもしれないと判断せざるを得ない。まあ他に友達なんていないけれど。それに——様刻くんは、何気《なにげ》に席を替わってくれた。僕達の席は機内前方より見て左側、三つ並んだ席の中央席と通路側席だった。つまり窓側の席には知らない人間が座っているのだ。知らない人間と隣り合うなんてぞっとしない——けれど、僕のチケットは中央席だった。窓側の席に座っている人を見て、仕方ない、様刻くんに頼んで席を交換してもらおうと思ったのだが、言うまでもなく、様刻くんは中央席に腰掛けたのだった。旅の同行者としてははなはだ不適格だが、僕の友人としてはこれ以上の人間はいないだろう。たった一人の友人が最高の友人だなんて、僕は恵まれている。ちなみに窓側の席、つまり今様刻くんの右隣の席に座っている人のことだが、それは搭乗口で目立っていた僧形のかただった。飛行機内においてお坊さんの存在は、更に異彩を放っている。向こうで着替えればいいのに、とも思うが、しかしそれは、修学旅行でもないのに制服姿で飛行機に乗っている僕や様刻くんが言っていいことではないのかもしれない。客観的に見て、かなり変な三席だろう。もし、僕や様刻くんが一般的な社交感覚を持っていれば、是非そのお坊さんからお話を伺いたいところだったが、基本的に僕は人見知りで様刻くんは排他主義だった。旅路の交流など、望むべくもない。

「時差ってどれくらいあるんだっけ？」

様刻くんからの質問。

それくらい知っておけと言いたいところだが、席交換のさりげない優しさを披露《ひろう》されたばかりなので、我慢する。我ながら甘い。とろけるように甘い。

「九時間だよ——半日くらいかけて到着したところで、向こうは夕方だ」

「ふうん。何だか得する気分だな」

「言っておくが、得はしないからな」

「そういや、時差については、昔、夜月《よるつき》が面白いことを言ってたよ。自転方向とは逆に地球を一周すれば、一日得するんじゃないかって」

「そんなことあるはずないだろう。相変わらず、夢見がちな妹さんだねえ」

夜月というのは、様刻くんが溺愛《できあい》する妹の名前である。櫃内夜月。まあ色々と思うところあって、僕は彼女とは交流を持っていないが、噂はよく聞いている。

「そう言えばだけど、妹さんはこのたびの旅行について、何て言っているんだい？　親を説得するよりも、妹さんを説得するほうが難しかったんじゃないのかな？」

兄も妹にべったりだが、妹も兄にべったりなのだ。マジックテープのように、お互い、絡《から》み合っている。しかし様刻くんは、驚きの答を僕に返してきた。

「いや。この旅行のことは、家族には言ってないから」

「…………」

センター試験がどうとかどころの話ではなかった。この男、最初から両親の許可を取っていない。ぎりぎりの人の気遣いを、踏みにじるような発言だった——いや、確かに同行をお願いしたのは僕のほうだし、ならばむしろその対応に感謝しなければいけないくらいなのだろうが、いや、それはいくらなんでも——ないなあ……。

「家族には本試験に向けてのクラス合宿だって言ってあるよ」

「きみは呼吸するように嘘をつくねえ。もう本当、感心するしかないよ」

「満更嘘ってわけでもない。きみと一緒にいると、勉強になることも多いしさ」

「僕と一緒にいて勉強になることなど、きっと受験には何の役にも立たないよ」

自虐的に僕は言った。あるいは自分が日本の受験制度から弾《はじ》かれてしまったことに対する、負け犬の遠吠え的な響きになったかもしれない。それが通じたのかどうなのか、様刻くんはやる気なさそうに
「別に僕は受験だけのために勉強してるわけじゃないさ」とだけ言った。ストレートに慰められるよりも、それは効果的だった。

していると、フライトアテンダントさんが機内食を運んできてくれた。会話を中断し、とりあえずそ

ちらに意識を集中する。実のところ僕は結構偏食なので、食べられるものには限りがあるのだが、しかし機内食というものを一度体験してみたかった。機内食自体がどうとかいうより、そのトレイに、箸だけでなくスプーンやフォークが用意されていたことが、僕にとっては青天の霹靂《へきれき》だった。今はもう雲上だというのに。いや、海外のかたも多く乗り合わせているのだから、当然と言えば当然なのかもしれないけれど……この金属製のフォークは、使いようによっては十分に凶器になり得《う》るのでは？　なんだったんだ、空港でのあの金属探知検査は。手荷物をX線にかけてまでいたのに、まるで無意味じゃないか。

様刻くんは機内食を「結構です」と言って、受け取らなかった。彼は自分で料理を作れる人間なので(学校にもってくるお弁当も、自分で作っているらしい)、出来合いのものはあまり食べたがらない傾向がある。もっとも、これは僕の勝手な観察だけれど。代わりに彼はセカンドバッグから一冊の本を取り出して、それを読み始めた。その小さな鞄の容積を、一冊の本で更に消費していたのだと思うと背筋が凍る思いだった。必要最低限まで荷物を絞ったということだが、どう考えてもボーダーラインを割っている。隣で人が本を読んでいれば、そのタイトルが気になってしまうのは本読みの性だ。僕はなんとなく、食事をしながら首を伸ばして、様刻くんの読んでいる本を覗《のぞ》き込んでみた。

表紙が漫画チックなイラストで、本文中にも同じようなイラストが多数収録されている。タイトルもそれっぽいし、どうやらライトノベルと言われるジャンルの小説らしい。

「また趣味を変えたのかい？　きみは好みのジャンルをころころと変えるね。まさに濫読《らんどく》といった感じだ」

「五年も経てば趣味も変わるさ」

「五年？　五年前はまだ僕はきみと出会ってもいないが」

「ああそうだっけ」

様刻くんはとぼけたことを言いながら、ページをめくる。あまり読書を楽しんでいる風には見えないが、それだけ熱中しているということだろう。

「面白いんだよ。このジャンル、新人がごろごろ出てきてさ。最近の持論なんだが、デビュー作より面白い小説を書く作家はいないな」

「それはさすがに定義が乱暴過ぎないかい?」

持論というより暴論だ。とは言え、与太話としては面白そうなので、先を促して聞いてみる。

「じゃあもう少しゆるやかに言うと、デビューしてから三作目くらいまでが、どんな作家でもまあ面白い。でもそっから先は、大抵の場合、どんどん面白くなくなっていくというか、どうもついていけなくなってしまう」

「こら。ついていけなくなってしまうとか言うな。はぐれてしまうと言え」

「きみのその定義もかなり偽善的だよな……」

呆れ顔を浮かべる様刻くん。

まあその意見は正しい。

「ひとりの人間が書ける優れた小説は六冊まである、なんて言った作家がいたけどさ——自分達のことをそんなによく言っちゃいけないよな」

「むしろ謙虚な発言だと思うよ、それは。ただまあ、様刻くんの言う通り、ライトノベルというジャンルが他ジャンルに比べて新人がデビューしやすい媒体であることは確かだろうね。僕も色々読んではいるが、半分以上は新人作品だったような気がするよ」

実際の割合はもう少し低いだろうが、気分的にはそんな感じだ。そして、ジャンルの歴史が浅い所為《せい》だろう、ベテランや大御所が少ないことが、その印象を更に強めている。

「そう言えば、新人と死人の書く小説が一番面白いなんて説が、昔あったかな。新人に権威はないし、作者が既に死んでいれば、自然と評価が甘くなるというのはある」

「ライトノベルの『ライト』が何を意味しているの

かはともかく、軽く読めるってのは、小説としては利点だと思うんだよ」

と、様刻くん。

「それに、結局、僕も色々本を読んできたけれど、作者の姿が一番見えないってのは、やっぱライトノベルになるのかもしれない」

「あー。様刻くんは作者が嫌いだからねえ」

確かそんな設定だった。だから様刻くんはあとがきを書く作者が大嫌いなのだ。もっとも、それで言うならライトノベルは大抵あとがきがついているはずなのだが、どうやらその辺の定義は割とフレキシブルらしい。

「もっとも、ライトノベルをジャンルと言っていいのかどうかわからないけどな。ライトノベルの中には、SFだってホラーだって、何でもありなんだから。ないのはミステリーくらいか?」

「いや、様刻くん、ミステリーもあるよ。数は少ないけどね——しかし確かに、どうもライトノベルとミステリーは相性が悪いらしい」

「そのようだな。でも、なんでだろう。ライトノベルの母体であるところのジュヴナイルでは、ホームズだのルパンだの、代表的な作品じゃん」

「江戸川乱歩《えどがわらんぽ》先生も少年ものには力を入れてらしたしね——けれど僕には、その理由がわかる気がするよ」

「へえ」

興味が出てきたようで、様刻くんは、いったん本を閉じて、膝の上に載せる。ちょっと得意になって、僕も箸を止めた。

「そもそもミステリーをどう定義するか、という話から始めなければならないのだが——実際問題、推理小説って、位置づけが特殊だよね。意外な解決は望まれても意外な展開は望まれないところがある。これは、普通、逆だよね」

「逆だな」

「伝統芸能みたいな性格があるということだ。割と雛形が決まってしまっていて、あとはその応用で読者を引きつける——読者の側も当然それがわかっているから、読み方がわかっている」

「まあ、これから推理小説を読むってときは、身構えかたが違うよな——クイズやパズルを解くのにも近いものがあるけど。あれか、読者参加型の小説って奴か」

「まあそう言うこともできる——無論どんな小説でも、読む上での最低限の作法というものはあるが、しかしミステリーはなかんずくその傾向が強い。そしてクイズやパズルは、純粋なほど美しい。だから多くの制約やルールが生まれ、また通常の小説からは大きく乖離《かいり》していく」

ちょっと声が大きくなってしまった気がしたので、ここで間を取って、自重する。飛行機の中というのは、意外と静かなものだ——いや、当然飛行音は機内まで響いてくるのだが、乗客が静かだ。僕達のように雑談を交わしている人達が、ぱっと見る限り、そんなにいない。いても、声を潜めてのひそひそ話だった。無秩序なようでいて意外と統制が取れている空間だった——空の上という環境が人をそうさせるのかもしれない。どうしたって、ストレスの強い環境ではあるからな。僕は空の上より人間のほうがよっぽど怖いので、周囲が静かなこの環境はむしろ望むところだが、しかしそれで騒がしくしていたら『最近の若者』扱いされてしまうし、付き合ってくれている様刻くんにも申し訳が立たない。見れば、様刻くんの奥に座っているお坊さんは、機内食を食べ終え、酔い止めか何かの薬を飲んでいるようだった。けたたましくして迷惑をかけては仏罰が下る。

もっとも僕は神も仏も信じてはいないが。神様は僕にクイズを出し続けてくる、いけ好かない野郎だ。実在したらぶん殴る。仏様は、まあ、話くらいは聞いてやってもいいか。

「なんだっけ——あったよな、ノックスの十戒《じっかい》とか、ヴァン・ダインの二十則とか。ああいうのか」

様刻くんが、どうやらうろおぼえらしい知識を披露してくれる。勿論小声だ。彼は空気の読めない人間だが、相手の意を汲《く》むくらいのことはできるのである。

「極端な例だけどね。昔さ、手遊《てすさ》びに小説を書こうとしたことがあってね――それも推理小説だ。それがどんなものだったかと言えば、ノックスの十戒をすべて破り、その上で推理小説として成立させようという試みだった」

「へえ。面白そうだな。できたのか」

「できなかった」

「できなかったのかよ」

「残念ながら、犯人が東洋人の使用人と限定されてしまうところに、構造的欠陥があった」

まあ。

そもそも十戒にしろ二十則にしろ、作った本人もまたその場のノリで決めたようなもので、別に本気で言っていたわけじゃないという話もあるので、それを基準に小説を書こうというのが、そもそも無理があったのかもしれない。どうせ、今の時代に合うルールでもないしな。

「登場人物の大半を東洋人の使用人にしておけばよかったと気付いたときにはあとの祭りだった。この手のルールはどの道恣意的で、推理小説には必ず密室が登場しなくてはならない、なんて定義を持つ作家さんさえいるのだから、まさしく多士済々だけれどね――まあ、あまり不純な要素を取り入れるべきではないというのは一般的かな」

「不純？　キャラ萌えとかか？」

「そう。一昔前なら、社会派、とかかな。社会批判のような要素は入れるべきではない――と。批判と言えば聞こえはいいが、要するに他人の悪口だからねえ」

「しかし、社会派はともかく、名探偵のキャラ付けって、誰がどう見ても『萌えてくれ』って言ってるようなもんだと思うけどどな」

「そうだけど、あまり過剰になるとね。パズル性が損なわれる」

「パズル性ねえ——なんか前にもこんな話、したことあったな。五年くらい前」

「だから五年前は会ってない」

「ああ、半年ちょっと前だった。あれ、なんで五年と半年を言い間違ったのかな」

「しっかりしてくれよ。時差ボケにはまだ早いだろう——で、まあ、推理小説には色々ルールがあり、定義が事細かにあるということなのだが、しかし、これだけははっきりと言える、推理小説の定義をひとつ、僕は発見した」

元々、ライトノベルとミステリーの相性の悪さを考えていたときに思いついたことなのだが、その結論をこうして様刻くんに発表できる機会を得たのは、望外の喜びだった。

「ミステリーの定義。それはただひとつ」

僕は言う。声を潜めて。

「評価を得ないことだ」


「…………」

様刻くんがとても冷めた目をして僕を見た。いい目だ——その目を見たかったのだ。ぞくぞくする。セクシャルに興奮すると言ってもよかった。

「つまり」

興奮を何とか抑えて、できる限り口調を変えずに僕は続ける。

「エンターテインメントに徹するがゆえに数字を重んじるライトノベルと、相性が悪くて当然ということだ——考えてもみたまえ。見ようによっては、評価を得るということは売れるということであり、つまり不純なのだから」

「……けど、ある程度は売れなきゃ話にならないだろ。商品として市場に出てるんだから」

「その通り。しかし、不思議なものでね——ある程度以上の高い評価を得てしまうと、どれほど優れたミステリーだったとしても、それはミステリーとしては扱われなくなるのが世の常なのだ。サスペンスやホラーになる」

「映画化されたりドラマ化されたりするごとに、確かに本筋から離れてはいくけどな——そういうことを言っているのか？」

「正にしかり。評価云々という言い方が露骨であれば、メジャーであるかマイナーであるかという話に置き換えようか。推理小説というのはどこまでも主流ではない、マイナーな存在として息づいているのだよ——それも好んで息づいている。ミステリーファンは自分の好きな本はできるだけ売れて欲しくないとさえ思うものなのだ。自分の好きな本が貶されるほど喜ぶ。ゆえに、ミステリーはヒットはしてもメガヒットはしない。ミステリーしか売れないとされていた時代もあったが、しかしそんな時代でさえも、メガヒットには至らなかった。作者も読者も、出版社さえも、それを望んではいない。ライトノベルは逆だ。だからメディアミックスが成功する」

勿論人と場合によるけどね、と、僕は姑息《こそく》な注釈を付け加えておいた。この言葉を付け加えることで、例外を排除できるのだった。まあ様刻くんくらいにしか話すつもりのない着想だから、突っ込みをいれてくれたらむしろ望むところなのだが。しかし様刻くんはどこか納得してしまったようで、「なるほどなあ」なんて言って、ひとりで頷いていた。まあ、推理小説にいまいち商売っけがないこと自体は、前に様刻くんも似たようなことを言っていたしな。ミステリーは、そういう意味ではジャンルとして侘《わ》び寂《さ》びの域に達しているのだ。

「もっとも、今話したのは『本格』と呼ばれるミステリー周辺の話であって、軽く楽しむミステリーなんかは、また話は違ってくるけどね——ミステリーもライトノベルと同じく、他ジャンルを自陣に取り込める特性を持っているから、その意味では似ている。似ているがゆえに、非なる。そんなところなのだろうが、そこまで微に入り細を穿って論を広げるつもりはないさ」

「だったら案外、トラベルミステリーとかなら、ライトノベルとそぐうのかもしれないな。どうだ病院坂、今回のロンドン旅行をテーマに、推理小説を書いてみるとか？」

「気が乗らないねえ。さっきの話じゃないけど、小説は読むものであって書くものじゃないよ」

「へえ。何気に名言だね」

「大体小説家ってみんな、インタビューとかで、『読みたい小説がなかったから、自分で書くしかなかった』みたいな発言をするじゃないか。僕、あれは嘘だと思うんだよね。書きたいから書いたんだろうって突っ込みたくなる。その意味じゃ、あんまり僕は書きたいと思わないのだな。自分の書いた小説を読みたいと思うかどうかという話だが」

「けど、その作家先生の相談ごとってのも、気になるところではあるだろ——それが推理小説のテーマになるかどうかはともかく、『呪いの小説』云々はともかくとしても、実際に人死にが二人も出ているっていうんであれば、さ。……どうしてか、きみはいまいち乗り気じゃないみたいだけど」

「わかるかい？」

様刻くんの言葉に、僕は苦笑いを浮かべる。自然と浮かんでしまった笑みだった。

「うん、さっきは冗談めかしたけれど、実際、僕はただの観光旅行のつもりでこの飛行機に乗っているのだよ——様刻くんとの卒業旅行のつもりでね。そのための口実としては、まあ悪くない旅行だ」

というか、その意味では最高の旅行だ。先ほど修学旅行のたとえを出したが、人間恐怖の僕は、生まれてこのかた修学旅行というものに参加したことがないのだから。だから、卒業旅行、かつ修学旅行、みたいな気持ちさえあった。残念ながら、様刻くんのほうは、それほど楽しみにしてくれていなかったようだけれど——もう、靴の上に置けてしまうようなちっちゃなセカンドバッグを見るたびに、改めて腹が立ってくる。

「しかし、笛吹の奴から回された『仕事』だというのが、どうにもこうにも乗り切れない理由でね――その意味では貧乏くじだ。様刻くんは貧乏くじの巻き添えを食った形だね」

「なんだ。仲悪いのかよ。その笛吹って人と」

「僕が仲のいい相手は様刻くんだけだよ。だから、知らない作家先生に会わなくてはならないというのも憂鬱《ゆううつ》だ」

「いつもの外交モードを使えばいいじゃないか」

「外交モードは多用すると疲れるんだ。一応、訳されている著作は読んできたけどね――翻訳された文章では作者の人柄までは読み切れないからなあ。頑固な職人気質だったらどうしよう」

「今時、そんな作家いないだろう。みんな伸び伸び気ままにやってるんじゃないのか？　けど、謎解きとか、探偵ごっことか、そういうのはきみの得意分野だろう。呪いの小説とか言っても、やっぱそんなもんあるわけないんだから、そこに合理的な説明をつけるって作業はきみの」

「乗り気じゃないねえ」

様刻くんの言葉を遮って、僕は言った。

「どうあれ、人死にが出ている以上は、後味のいい結果にはならないだろうし」

「おいおい。『わからないこと』が嫌いなんじゃなかったのか？」

「嫌いだよ」

「『わからないことがあるくらいなら、死んだほうがマシだ』とも」

「言ったね。そしてマシだ」

「じゃあ」

「けれどさ――この場合、わからないことはないだろう。発表前の小説を読んだふたりが、それぞれの理由で亡くなられただけだ。つまり、ただの偶然で説明がつく」

「けど、そんな偶然は――」

起こりうる、か。

言いかけた言葉を途中で方向転換して、様刻くんは自分自身に言って聞かせるように、ぶつぶつと呟《つぶや》いていた。自らの過去と照らし合わせているのかもしれないし、そうでないのかもしれない。

「百人、千人となれば偶然で片付けるのは難しいだろうけどね——あくまでもただの二人なら、読んだ小説に原因を求めるのは無理がある。それ以外にも、死んだ日の朝に食べたメニューとか、死んだときに履いていた靴のメーカーとか、共通点はあるはずだろう」

「けど、それ以外の共通点なら、他にも共通する人間は五万といるだろう。イギリスの人口が何人なのか知らないが——」

「約六千万人だ」

「なら、五万じゃ済まない。けれど——その小説を読んだ人間は、そのふたりだけなんだろう?」

「ま、そうだがね。しかし、偶然以外に理由があるとするなら、作者本人が犯人と見做《みな》すしかないぞ。つまり、作者が、自分の奥方と自分のエージェントを殺害したのだ。三年ぶりに出す本の宣伝として、『呪い』という要素を付け加えようとした。『読み終えた人間は必ず死ぬ』という、ナイスなコピーを付け加えようと」

「そのために人をふたりも殺すか? しかも、きみの親戚に相談まで持ちかけているんだぞ」

「そうすることで真実味が増す、という考え方だ——まあ、評価を得るためなら何でもするのが作家という人種だろう。金銭欲はなくとも名誉欲があるのが、芸術家だからな」

「でも」

「うん、わかっている。これはただの思考ゲームだし、あまり考えたくない可能性だ。これから会いに行こうという作家先生が人殺しだなんて、僕もぞっとしないからね。笛吹は、詳しいことは本人から聞けと、詳細を頑なに教えてくれなかったけどね——ただ、それがどんな詳細だったとしても、偶然以外の解釈には無理がある」

偶然でなければ。

やはり、後味の悪い結果になるだろう。

それはやはり、僕の好むところではないのだった——だから言っている。僕は偏食家なのだ。加えて、偏屈家でもある。

「だからまあ、作家先生が真剣に悩んでいるのだとすれば申し訳ない限りだが、せいぜい奥方とエージェントの死についてはお悔やみ申し上げて、僕達はロンドン観光を楽しもうではないか。色々ね、行ってみたいところがあるんだ。様刻くんはどうだい？この機会に見ておきたいところとか、あるのかな？」

無駄だと思いつつ聞いてみると、案の定様刻くんは、

「ロゼッタ・ストーンさえ見れりゃ文句ないよ」

と言った。

が、そこから更に続いた言葉は、案の定からは程遠いものだった。

「しかし、きみが純粋に観光を楽しみたいと思っているのだとしたら、病院坂。ちょっと悪い知らせだ」

「？　ん？」

「僕の隣で今、人が死んでいるんだが」

言って様刻くんは、自分の席を後ろにリクライニングして、僕の視点から窓側の席が見やすいようにしてくれた。

窓側の席では、胸に深々と刃物が突き立てられて。

僧形の男が死んでいた。

4　K国際空港／ロビー（午後五時〜）

イギリス。正式国名・グレートブリテン及び北部アイルランド連合王国——UKと略されることもしばしばである。本来ならば時差の関係で、午後三時くらいにはもう向こうの空港に到着しているはずだったが、同時刻の日本、僕はK国際空港のロビーで時間を潰していた。……時差を絡めた記述はわかりにくくなっていけないが、要は今、日本時間の午後五時。飛行機は日本海さえ渡ることなく、多分国境さえ越えることなく、敢えなく本国へと帰還を果たしたのだった。

　僕、つまり病院坂黒猫という人間は、まあ言っても生まれも育ちもそれほど真っ当なものではないので、大抵の災難には慣れているつもりだったのだが、初めての海外旅行がこれというのは、かなり真剣にへこむものがあった。笛吹の仕切りはこれだから嫌だ。いつもそうなのだ——笛吹は僕に、肩透かしと期待外れを、あらん限りに提供する。

　あと二時間でも飛行を続けていれば、もう日本に戻ってくるのは不可能だったかもしれないが、離陸して一時間も経っていなかったこともあり、飛行機は引き返してきた——無論、刃物を突き立てられていた男の治療のためである。心臓は停止し、呼吸も停止している以上、それはもう治療というよりは蘇生ということになるのだろうが、胸にああも深々と刃物が突き刺さっていて、蘇生が間に合うのかどうか、素人目にはよくわからなかったけれど——僕は保健室登校児なので、擦り傷の類《たぐい》の手当てくらいなら手伝うことがあるのだが、さすがにあのレベルになると門外漢だ。いずれにせよ僕達は、今日のうちにロンドンへと再出発することはないだろう。明日だって無理かもしれないし、明後日だって無理かもしれない。飛行機の乗客全員が（一応は任意の形ではあるが）、現在、当局からの取調べを受けている最中である——人数を考えれば、夜中までかかることは間違いない。

まあ、人が死んだのだ。

これくらいの処置は当たり前だろう——まして、殺されたのだとすれば。

「はあ」

そして僕は順番を待って、今しがたまで、空港にこんな施設があったのかと思うような味気ない別室で（多分、金属検査などで引っかかった人が連れ込まれる部屋なのだろう）、当局のかたから事情聴取を受けていたのだった。聴取を担当してくれたお巡りさんは、まるでわけがわからないと言いたげにしていたが、僕もそれは同感だった。

わからない。

どうしてあの男は、あんな風に死んでいたのだろう。

聞いた話では、飛行機の中で人が死ぬこと自体は、ケースは少ないとは言え、まるでないことではないらしい——しかし飛行機の中で殺されるというケースは、恐らく皆無に近いはずだ。

飛行機。いかに巨大でも、あれほど明確な密室は存在しないだろう——わずかでも隙間があれば、中の人間が凍死あるいは窒息死してしまう構造なのだから、それは確かである。

だから、犯人に逃げ場はない。

確実に乗客・乗員の中に犯人はいるのだ。

「……だとしても、あんな狭い座席間隔の中で、どうやって相手の胸に刃物なんて突き刺せるんだ」

身をよじることさえままならないスペースである。派手な動きを見せれば確実に誰かが気付く——位置関係で考えれば、せいぜい、様刻くんのシートからでもない限り、あの形で刺すことはできそうもない。

まあ様刻くんが犯人ということはないだろう。

信じておいていい。

それに、仮に様刻くんが犯人だったとしても——まだわからないことは残るのである。被害者の胸に突き刺さっていた刃物——あれが、たとえば機内食に添えられていたフォークだったりしたのなら、まだわかるのだ。

違う。

被害者の胸に突き刺さっていたのは、銀色に光る、金属製のナイフだったのである。

「どうやったらそんなものを——飛行機の中に持ち込めるというのだ？」

ベルトのバックルにさえ反応するような金属検査があるというのに——手荷物さえ、X線検査にかけられるというのに。

わからなかった。

わからないというのは——気分が悪い。

「……様刻くん、遅いなあ」

事情聴取のための部屋はいくつか用意されており、僕と様刻くんは席が近かったこともあり、ほぼ同時に呼び立てられたのだが、それにしては彼の帰りは随分遅い。僕はもう、三十分以上、ここでこうして待っている。

まあどうせ、自分の真横で人が死んでいたというのに、あまりに彼がノーリアクションだったことが、捜査員の皆さんの不興《ふきょう》を買っているということなのだと思う。彼は他人に媚を売ったり猫をかぶったりする行為が、壊滅的に苦手なのだ。それができなくとも、せめてそれなりに振舞うことくらいすればよさそうなものだが——人間には向き不向きがあるということだ。僕なんか大いに、取り乱した演技をして見せたものだけどなあ。様刻くんが言うところの『外交モード』である。

ただ、現実問題、彼の位置からでもない限り犯行が不可能であるという現状も含めて考えると、様刻くんは空港での事情聴取だけでは済まず、最寄りの警察署まで連行されることになるのかもしれない。いや、その可能性は高いだろう。そうなるともう、今回のロンドン行きは諦めるほかない。

残念だ、と思う気持ちが半分、せいせいする、と思う気持ちが半分。半分は勿論様刻くんに、残りの半分は笛吹に対して。ロンドン住まいの作家先生にも申し訳ないとも思うが、まあどうせ著者近影でしか顔を知らない人間だ。巡り合わせが悪かったと、そう思ってもらうしかない。なんて、僕が帰り道のことを考え始めたあたりで、果たして、様刻くんが戻ってきた。ちっちゃなセカンドバッグを片手に、なんだかぼーっとした感じで、ゆっくりとした足取りで。

「どうだった?」

訊いてみると、

「うん」

と様刻くん。

「まだ帰っちゃ駄目だってさ」

「あっそう。まあ僕も同じことを言われているよ――他のみんなも同様だね。空港内に限って行動は制限されていないようだが、確実にパスポートで身元を押さえられているからこその処置だろうねえ」

ちなみに、僕は旅行用トランクに腰掛けていた、朝と同じように。今日中の出立《しゅったつ》が無理と見て、返してもらったのだ。ベンチが周囲にない場所だったので、僕は少し右によって、「はい」と、様刻くんの座る場所を作ってあげた。様刻くんは何ということもなさそうに、そのスペースに腰を下ろした。互いに肩が触れ合う距離だが、相手が様刻くんなら、まあ少なくとも不快ではない。

「様刻くんの場合は、また特殊だと思うけどね」

「僕の席からじゃないと、あの犯行は不可能だからな」

あっさりと、様刻くんは言う。自分で気付いていたのか、それともお巡りさんにそう言われたのか……まあ、前者だろうな。様刻くんはぼーっとしているようで、色々考えてはいるのだ。その思考がややシンプル過ぎるというだけで、十分に評価に値する脳髄を持っている。

「人間の身体にナイフを刺した場合、ナイフ自体が栓になって血はあまり流れないっていうけどさ……あれ、本当だったんだな。ほとんど血なんて流れてなかった」

「クールなことを言っている場合かい？　このままだときみは犯人として検挙されてしまうよ。少年の心の闇がどうとか、マスコミをにぎわすことになるかもね。そうなったら、きみの妹さんも大変だ」

からかうように言うと、様刻くんは大して気分を害した風もなく、

「そりゃないよ」

と言った。

「だって、他の乗客同様、僕にもあれは無理だろ。僕の席からなら可能だというだけで、僕には無理だ。何故なら僕は、あんなナイフを所持していない――」

手にしているセカンドバッグを僕に見せつけるようにして、様刻くんは言う。その通り。あのナイフをどのようにして機内に持ち込んだかを立証できない限り、様刻くんは犯人になりえない。どこかに何とかして隠した、と言おうにも、こんな小さなセカンドバッグに、ぺらっぺらのコートじゃ、隠しようもないものな。なんというか、運のいい男だ。様刻くんのシンプルさはこういうときに活《い》きてくる――小細工を弄《ろう》する余地がない。その意味では、人間ふたりが（ちょっと無理な姿勢ではあるが）腰掛けられるトランクを保有している僕のほうが、まだしも怪しいのかもしれなかった。

「ま、それでぎりぎり救われるとしても、きみの席からじゃないと犯行が不可能なのもまた事実だ。きみは今夜、家に帰れないかもしれないね」

「いいよ。ロンドンで過ごすのも警察署で過ごすのも同じことだ」

「違うことがあるね。警察署で過ごすとなれば、まず間違いなく家族に連絡が行く。もう行っているかも」

「ぐ」

さすがの様刻くんも言葉に詰まった。妹さんのこ

とは、やはり様刻くんのどうしようもない弱点なのだ。それさえなければ物事に動じない格好いい男だと言えなくもないのだが……まあ、自分の隣の席に死体が座っていて（それもついさっきまで生きていた人間だ）、悲鳴ひとつ上げずクールに振る舞い続けたというのは、やっぱり行き過ぎだよな。警察署で絞られて反省したほうがいい。

「……ふん。まあいいさ」

それでも、様刻くんは強がるように言った。

「僕なら平気だ。なんとかなるだろう」

その言葉の意味がわからず、ただなんとなく彼の強がりを突き崩したくなったので、じゃあ僕はタクシーで一足先に帰らせてもらうよ、お疲れさまでした、みたいなことを言って様刻くんをいじめてあげようと思ったが、しかしどうせそんなことを言ってもたぶん様刻くんは動じないだろうし（それはそれでショックだ）、それに、考えてみれば、僕は様刻くんに、座席を替わってもらっていたのだ。そう考えると、『僕なら平気だ』という言葉の意味も、わかろうというものだった。わからないのは嫌いだが、否応なくわかってしまうのも、これはこれで困ったものだ。

うーむ。

「……まあ、自殺だろうね」

罪滅ぼしの気持ちもあって、もうちょっと引っ張るつもりだったその結論を、様刻くんに向けて提出した。この程度のこと、様刻くんでも大方察しはついているだろうけれど、僕が当たり前のようにそう言えば、様刻くんの気分も少しは楽になるはずだ。何事にも動じない癖に、結構溜め込むタイプだから。

「あの位置関係で、様刻くんが犯人でないのなら、自殺以外に考えられない」

「それでもどうやってナイフを持ち込んだのかの謎は残るけどな——それに、飛行機の中で自殺なんかするか？」

「電車に飛び込んで自殺するほうが、迷惑をかける人数はよっぽど多いよ」

「人数はともかく、規模の問題だ」

「規模はともかく、人数の問題だよ」

やはり様刻くんも僕と同じ結論に達していたらしく、普通のリズムで会話は続いた。

「正面から胸を一突き。眠ってでもいない限り、被害者がそれに気付かないわけがないんだ。にもかかわらず、隣の席の様刻くんも、その隣の席のこの僕も、被害者の悲鳴を聞いていない。ならば自殺と考えるほかないだろう」

刺し傷を綿密に調査すれば、自分で刺したか他人が刺したかということは、わかるのだと聞く——ならば遅くとも、明日には回答が示されるだろう。仮に様刻くんが拘束されるとしても、ほんの数日の我慢だ。まあ、言っても未成年だし、そんな無茶苦茶な扱いも受けまい。

「ナイフは、どうにかして持ち込んだんだろう。方法がまったくないとも思えない。持ち物検査なら、潜《くぐ》り抜ける方法はあるだろう」

「まあ、ああいう調査で一番注意するのは拳銃所持と麻薬所持だって言うからな。機内食でフォークを出すくらいだ、金属そのものに対してはゆるいのかもしれない——けどさ。僕、お巡りさんからおかしな話を聞いたんだ」

「おかしな話？」

「どうもあの人——お坊さんじゃないらしいんだ」

「は？」

素直に、驚いた声が出てしまった。そこに畳み掛けるように、様刻くんは言う。

「お坊さんに変装していいたんだってさ」

「…………」

「まあ、頭を丸めて僧衣に身を包めば、そんな風には見えちまうからな——振る舞いからそれがわかるほど、一般的な職業ではないし」

なるほど。いや——でも、そう聞かされてしまえば、わかってもよさそうなものだった。被害者の彼は、様刻くんと違って、機内食を受け取っていた。本当にお坊さんなら、生臭《なまぐさ》は食さないはず——言うなら、僕以上に、厳格に偏食なはずなのだ。肉や魚がメニューに組み込まれている機内食を食べるはずがない。うーん。でも昔ならいざ知らず、今じゃ普通に色んなもの食べる人もいるって言うし、やっぱりそれだけの材料では断定のしようもないか。

「じゃあ、本当はお坊さんじゃなくて、何をやっている人なんだ？　そもそもどうしてそんな変装をしていたんだい？」

「細かいことまではさすがに教えてくれなかったけどな。どっかの会社のお偉いさんらしい」

「お偉いさん」

　曖昧な表現だ。それは、様刻くんの相手をしたお巡りさんが話をぼかしたから——ではなく、きっと様刻くんが適当に聞いていたからに違いない。

「どうして変装していたのかと言えば——殺されることを恐れていたからだそうだ」

　様刻くんは、僕の推測を裏付けるような、適当な口調で言う。これが妹さんが巻き込まれた事件とかだったら、全然違う態度対応を見せるに違いないのだが、巻き込まれている対象が自分自身となれば、このようなおざなりさなのである。自分のことは常に後回し。もうちょっと常識と良識を身につければ、あるいは宮沢賢治《みやざわけんじ》になれたかもしれない男だと思うと、残念でならない。

「なんっつーか、あのお坊さん、まあお坊さんじゃないんだけれど、自分は命を狙われていると、周囲の人間に常々洩《も》らしていたらしくてさ。周りの人間は、そんな言葉を信じず、一笑に付していたみたいなんだけど——本人は至ってまじめで、色々対応策を練っていたんだってさ」

「そのひとつが、僧形か。まあ会社のお偉いさんがお坊さんに化けているとは思わないよなあ」

　うまい手——なのだろうか。しかし、そもそも、前提である『命を狙われている』という危機感に、あまりにも信憑性《しんぴょうせい》がなさ過ぎる。

「いや、なんだか、社運を担うプロジェクトを任されていたとかで――それに、強引なやり方をしてる会社だって話でな。まるっきりの妄想ってわけじゃないらしい」

「ふむ。それに」

「そう。それに――実際、こうして殺されている。状況から見れば、確かに自殺なんだけど――少なくとも、隣に座っていた僕の立場からすれば、自殺と考えるほかないんだけれど、殺されることを恐れていた人間が、自殺なんかするかな？」

様刻くんからのその問いかけに、僕はすぐに応えることができなかった。わからなかったからだ。わからない――不愉快である。たとえば、どうだ？　前々から自殺を考えてはいたが、生命保険やら何やらの理由で他殺を偽装する必要があった。だからあらかじめ周囲の人間にはそう吹聴しておき――駄目だ。そんな小細工を弄しておきながら、結局、自殺としか思えないような場所で、自殺としか思えないような死に方をしてしまっているじゃないか。

状況に不思議はなく、現象に不思議はない。ナイフの持ち込み方については、ちょっと考えれば何らかの説明がつくだろう――しかし、人の気持ちについてはどうだ？　被害者はどういうつもりで――また、もしいるのだとすれば、犯人はどういうつもりで？

こういうのが一番嫌いだ。

人の気持ちは――わからな過ぎる。

わからないことがあると。

死にたくなってくる――！

「…………」

ぎゅ、と。

気付けば、様刻くんが僕の手を握ってくれていた。

「きみさ」

様刻くんは、言い聞かせるような――どちらかと言えば怒っているかのような、あんまり優しくない声色で、僕に言う。

「こんなところでこんなときに自傷とか、マジ勘弁な」

「……様刻くんも、なかなか僕のことがわかってきたじゃないか」

本当にいいタイミングで制してくれた。思いつめる直前だった——この程度のことで。いかんな。やはり卒業を目の前にして、僕の気持ちも揺らいでいるということか。それとも、ロンドン行きの中止が、思いのほか僕の情緒を不安定にしてしまっているのだろうか。

「様刻くん」

「何だよ」

「知っての通り、僕は人の気持ちがあんまりわからない」

「ああ……それは知ってる」

「よく『相手の気持ちになって考えてみましょう』なんてお題目があるが、そんなことは僕には不可能だ。相手の立場になって考えることはできても、相手の気持ちになって考えることはできない。僕は究極的なところ、人間の意志というものを信じていないのだろう——人間の魂というものを信じていないのだろう」

「確かに、幽霊とか絶対信じないタイプだよな、きみは」

様刻くんは、故意にだろう、やや冗談めかした調子でそんなことを言う。僕もそんな気遣いに応えるつもりで、

「僕は生きている人間も信じないよ」

と、応えた。

「実を言えば、様刻くんのことも、精巧に作られたロボットだと思っている」

「おいおい。その秘密を誰かにバラしたら組織に消されるぜ?」

「迎槻《むかえづき》くんから聞いたのだ。消すなら彼から先にするといい」

「嘘をつけ。箱彦《はこひこ》が何できみにそんな重大な秘密をバラす」

「彼と僕は深い仲だからね」

「箱彦がきみのことをよく言ったことは、僕の知る限り一度もないぞ」

「嫌われたもんだ」

「安心しろ。僕はきみのことが好きだ」

「またそういうことを言う」

軽口の応酬で、少し気分も楽になった。それでも念のため、僕は薬を飲んでおくことにした。ボストンバッグからピルケースを取り出して、その中から三錠、錠剤を取り出す。

「水買ってこようか？」

「いや、別にいい。僕は水がなくとも飲めるんだ」

「……けど、それじゃ胃の中で薬が溶けないだろ」

「え？　飲みやすいから水で飲むのではないのか？」

こういう状況において水なしで錠剤を飲めることを、ひそかに得意に思っていたくろね子さんなのだが、様刻くんの言葉は冷たかった。というか、冷笑だった。

「違う。薬を溶かすために水で飲んでいるんだ。そうしないと、十全に薬が吸収されないじゃないか」

「…………」

「きみは何でも知ってる癖に、肝心のことを知らないよな」

そう言って、様刻くんは『待っていろ』とも言わずに立ち上がり、自動販売機のある方向へと歩いていった。そう言えばロンドンの街並みには自動販売機はほとんどないのだという話を、笛吹から聞いていた。まあ、それについてはむしろ日本が特殊らしいけれど。観光客は、町中にごろごろしている自動販売機を見て、金庫が道端に置いてあるようなものだと、驚くらしい。それにしてもえらい恥をかいてしまった。指摘してくれたのが様刻くんでよかった、それでぎりぎり救われた気分になれる。実際、これが笛吹や迷路ちゃんだったりしたら、それこそ自傷に走りたくもなるだろう。けれど、プラシーボ効果ってすごいものがあるのだな……これまでまったく違和感なくそうしていた。ああ、そう言えば被害者のお坊さん……ではないのか、お偉いさんも、機内で酔い止めだかの薬を飲んでいた。あのとき、彼は水を使っていただろうか、いなかっただろうか……そんなに凝視していたわけでもないからよく思い出せないが、あのときは確か目前に機内食があったはずだ、ならば飲み物もあったはず。あえて水を使わずに薬を飲む理由もないだろうから、水で飲み下したと考えるのが妥当だろう。殺されたにしろ自殺したにしろ、時間的に見て、彼の胸にナイフが突き刺さったのはあの直後ということになるのか……。と。

そこまで考えて、僕は思い至った。それは、ことの真相とか、隠された真実とか、そんな大仰なものに思い至ったということではなく、病院坂黒猫という人間の間抜けさ加減に思い至ったのだ。

やれやれ。

こんなことが——考えないとわからないとは。

見れば、様刻くんが500㎖のペットボトルを三本、腕で挟《はさ》むように持って、帰ってくるところだった。まあ、ほとんど八つ当たりのようなものだけれど。この遣る瀬《やせ》ない気持ちを晴らすためにも、せいぜいもったいぶってばかにしながら、愛すべき友人に謎解きを披露してあげることにしよう。

一応確認のために、僕は様刻くんに、ひとつだけ質問をしておいた。

「様刻くん。おしゃべりなお巡りさんは、被害者の手荷物の中から何か盗まれたものがあるとは、言ってなかったかい?」

「ん?」

「荷物検査のときの映像は一定時間保存されているはずだ。ならばもし、被害者の荷物から何か盗まれているものがあれば、わかるはずなのだが」

「ああ、そういや、そんなこと言ってたような……そうそう、だから『自殺じゃないのかもしれないな』って、漠然と思った覚えがある。えっと何が盗まれたんだっけな――」

「仏像」

「え？」

「たとえば――ハンディなサイズの仏像がなくなっていたのではないのかな？」

5　K国際空港／ロビー（午後六時～）

「まあこんなものは謎解きというほどの謎解きでもない、あと数時間のうちに――ひょっとすると数十分のうちにでも、当局の手によって解決されてしまうような謎未満不思議以下だ。司法解剖までする必要はない、普通の検死で十分だろう。

「ならばやっぱり自殺なのかって？　短絡的だなぁ様刻くん。確かにさっき僕のほうからそう言い出したのは事実だが、あれはまだ様刻くんから様々な事実を聞く以前の話だからね。きみから話を聞く前の僕ときみから話を聞いたあとの僕は別人と言っていい。別の人が言ったことで僕を責められても、それは言いがかりというものだよ。因縁も甚《はなは》だしい。

「ならば殺人なのかというところが、きみの浅はかなところだよ様刻くん。今時幼稚園児だって、もうちょっと思慮深くありそうなものだ。そもそも、あの座席の位置関係では、被害者を殺せるのは様刻くんだけだという話じゃなかったかい？　それともきみは今自分の犯罪を告白したのかな。やめてくれよ、僕は僕の大事な友達が犯罪者だなんて思いたくはない。

「自殺でもなければ殺人でもない——無論病死や自然死のはずもない。とすれば、導かれる結論はひとつだろう。つまり、事故死だよ。あれは不幸な事故だったんだ——そう考えるべきなのだ。

「被害者は、旅の道中変装しなければならないほどに追い詰められていた——殺人者によって物理的に追い詰められていたという意味ではない、自分自身によって精神的に追い詰められていたという意味だ。無論、情報のない今、彼の命を狙う者が実在したのかどうかはわからない。丸っきりの妄想というわけではないにしても、だからと言って移動中は僧形に変装するなんて、やっぱりやり過ぎだよ。確かに有効な手段だとは思うけどね。

「そして、僕は、そこまで追い詰められている人間ならば、変装だけで満足するわけがない——自衛の手段も取ると、そんな風に考えてみた。自分自身の命を守るために、ありていに言えば、武装さえするのではないかと考えてみた。

「武装とは言葉がきついが、自衛のためにナイフを持ち歩く人間がいたところで、それはまあ違法なんだけれど、でも不思議ではないだろう？　色々対応策を練っていた——そうじゃないか。だとすれば、機内への刃物の持込が禁じられているなんて言っても、彼は無視しただろうね。何といっても、彼にとっては自分の命がかかっているのだから。

「要は、やっぱり予想通り、あの胸に突き刺さっていたナイフは、被害者が機内へ不法に持ち込んだものだというのが僕の結論だが——その持ち込んだ方法については後に語ることとして、しかしそれでも、やっぱり自殺ではないと僕は思うのだ。妄想が行き着いて他人に殺されるくらいなら自分で命を絶つに至ったのだという推理も強引ながら成り立たなくもないが、残念ながらそれはあまり僕好みの答ではないね。

「そこで僕は思い出す。彼が機中において、何らかの薬を飲んでいたことを——まあ、僕が飲んでいるような、ああいう錠剤だったから連想的に思い出しただけのことなのだが、僕はてっきり、酔い止めの薬でも飲んでいるのだと認識したのだ。だがそれが違うのだとすれば？　自衛のために憎形に身を固め、機内にナイフまで持ち込む人間だ。所有していた薬も当たり前でない——と、考えてみよう。

「そう、たとえば毒薬。自分の体調を整えるために飲むものとして持っていた薬ではなく、自分を殺そうとした誰かを返り討ちにするために、守り刀として持っていた薬品だったのだとすれば？　そして、その毒薬を——酔い止めの薬と間違えて、飲んでしまったのだとすれば？

「当然、被害者は、すぐに気付く。自分が飲んだ薬が、人の命を奪う悪魔の薬であることに気付く。しかしもう飲み込んでしまった。道具もなく吐き出すことなどできない。きみならどうする？　誰かに助けを求めるって？　いや、それはあり得ない選択肢だ。きみの隣に座っている高校生さえ、ひょっとしたらきみの命を狙う刺客かもしれないのだから。

「人の気持ちになって考えろ、と言ってもね、この場合、考えなくてはならないのは、精神的に追い詰められた、しかも急がないと確実に命を落とすことが決定している人間の気持ちだ。そうそう考えられるものではない。エラリー・クイーンだったかな、人間は死の瞬間、その思考は神の域に達し、その思考をダイイングメッセージとして残すのである、なんて言ってるけどさ、実際、死の間際の人間の気持ちなんて、呆然としていて、取り留めのないものだと思うよ——普通はね。よほど強固な意志があれば話は別だが、しかしこの場合、被害者は被害妄想の権化だったと言っていい。通常の思考は期待できない。

「彼が苦し紛《まぎ》れに、死の間際で考え出した結論は外科手術だ。自らの身体にメスを入れ、薬を取り出すことを考えた。薬が胃の中で溶ける前に——取り出そうと考えたんだな。毒薬同様、こっそりと持ち込んでいたナイフを使ってね。いや、言いたいことはわかるよ様刻くん。しかし、これはそこまで理屈を外した話ではなくてね——現実、錠剤やカプセルの毒薬を誤って飲んでしまった人間には、病院で同じ処置が施《ほどこ》されることもある。胃洗浄では追いつかない場合の超緊急措置だけどね。しかし、自分の手でそれをやろうというのは、やっぱり常軌を逸している。その上、どうやら動揺のあまり手が滑ったらしく、食道や胃ではなく、ナイフは心臓を抉《えぐ》ってしまった。また綺麗に刺さってしまったものだよ。

「つまり、死に際の人間の奇行、というのが今回の事件の結論だ。しかしやはり、自殺とは言えないし、殺人とも言えまい。僕と様刻くんがミステリーとライトノベルの関係について暢気《のんき》に論じているときに横でそんなことが起こっていたのだと思うと、若干思うところはないでもないが——まあ気付いたところで、どうしようもなかっただろうな。それに、自業自得、因果応報と言えばその通りだ。毒薬やナイフを持ち歩いたり、まして飛行機内に持ち込んだりするのは、どう考えても行き過ぎなのだから。

「検死の結果、被害者の胃の中から毒薬が検出されれば、優秀な本国の警察のことだ、あっという間に真相に達することだろう。薬の入手先もすぐに判明する。そうなれば、今現在、様刻くんにかかっているかもしれない嫌疑は綺麗さっぱり、五月の空のように晴れ渡ることになる。

「そうそう、ナイフを機内に持ち込んだ方法だっけ？　毒薬は見た目、普通の薬と変わらないから持ち込めるとしても——だよね。うん、まあさっき言い当ててみせたのは、がっかりさせるような答になるかもしれないが、まあただの偶然だよ。いくつか言ううちに、当たるだろうと思ってたんだけどさ。「どうして被害者が変装するときに僧形を選んだのかということを考えてみたのさ。僧形以外にも色々と候補はあるはずだ――もっとわかりやすい格好もあるはずだ。むしろ僧形は、変装の候補としては割と後ろのほうに並ぶものじゃないか？　にもかかわらず、どうして被害者はあえて僧形を選んだのか。それは――きっと、第二の目的があったからではないだろうか。

「そこで仏像だ。ハンディなサイズの仏像。

「要するに、ナイフを仏像に偽装して、X線検査に通したんだろうと思ったのさ。僧形をしている人間が仏像を持っていたところで、鞄の中に仏像が入っていたところで、検査員のかたは怪しまないだろう――むしろ自然だと思うだろう。作り方は簡単。本物の仏像の型を取って、そこにナイフを置き、融解した金属を流し込む。柔らかめの金属が望ましいかな。隙間なくぴっちりと、その金属で空間を埋め、冷やして固める。で、そのまま時間を置いて、型を外せば、ナイフ入りの仏像の出来上がりだ――塑像はかなり粗く、実際に目で見れば仏像には見えないだろうけれど、X線で透かして見る上では、そこまで本物と違いはない。検査さえ潜り抜けてしまえばこちらのもの、あとはトイレの個室ででもどこででも、外側の金属をベルトのバックルででも削って剝がしてしまえばいい――剝がした金属のほうについては、トイレに流すなり何なり、いくらでも処分のしようがある。入国審査の際には荷物検査はないはずだしね、荷物の中から仏像が消えていても問題ない。

「仏像をナイフの鞘にしようという発想には仏罰が下ってしかるべきだろうが、そんなところが真相だ。あくまでも偶発的な事故なのだから、調べれば証拠はいくらでも出てくるだろう――とは言え、僕達の個人的な修学旅行兼卒業旅行については、もう諦めるしかないだろうな。真相が明らかになったところで、じゃあ明日再出発というわけにもいくまい。

「ま、お巡りさんから帰宅の許可が出たら、一緒にタクシーに乗って帰るとしよう。途中、コンビニに寄るのもいいかもしれないね。なるほど、そうなると、結局きみの荷物は、今回の旅路にちょうどいい量だったというわけだ」

あなうめもんだい編

EET
STATION
ERGROUND

1　機内／座席番号41列目（午後三時～）

僕（櫃内様刻）は、渡された原稿を読み終えた。そして言った。

「病院坂、きみさ……なんて言うんだろうな、これ、さすがに自分のことよく書き過ぎじゃないのか？」

「うん？」

隣の席の病院坂は、僕の感想が極めて不当なものであるとでも言いたげに、そのくりっとした猫目を僕のほうへと向けたのだった。

「そうかな。人物描写については、できる限り忠実に書いたつもりだけど」

「僕がものすげえ変人みたいに書かれているのも気に食わないが、まあそこは我慢するよ。けれどきみがまるで常識的な人間であり、僕に振り回されている被害者みたいな書き方をしているところは大いに駄目出しだ」

それに、と僕は声を潜めた。病院坂と反対側の隣の席――窓側の席で、うとうとと眠っているらしいお坊さんに、万が一にも聞こえないように。

「よくまあきみは、知らない人が死んじゃうみたいな話を書けるよな。実在の人物だぜ。この人ここにいるんだぜ？　生きてるんだぜ？」

「別に読ませるわけじゃないんだし、いいじゃないか。その人がお坊さんだろうがお偉いさんだろうが、どっちだろうと僕の人生にはまるで何の関係もないことだ」

病院坂は不満げである。いや、今に限ったことではない。今日――いや、もう昨日なのか、違う、日付変更線を越えたから、やっぱり今日だ――空港で待ち合わせたときから、もう少しでイギリス・ヒースロー空港に到着するというこの今現在に至るまで、病院坂はどこか不機嫌そうだった。いや、どこかも何も、この原稿を読んだことで、その原因は、おおよそのところ、明らかになったが。

「……きみがまさか、僕がこのような軽装で旅行に臨むことについて、ここまでの不満を抱いているとは思わなかった……話の落ちにまで使われちゃってるもんな。でもそれは口で言えばいいことだと思うぞ」

隣の席で、大学ノートに何か書いているなとは思っていたが、まさか小説を書いていようとは思わなかった。僕も隣の席のお坊さんと同じように、フライト中、結構寝ちゃっていたのだが、病院坂はずっと起きて、この小説を書いていたらしい。

「ま、それはついつい漏れ出てしまった作者の声という奴だよ。気にしないでくれ。謝ってくれればそれでいい」

「……謝ればいいのか」

果たしてこれが謝らなければならない状況なのかどうか、僕には正直なところ判別つきかねたが、しかしまあ、今回の旅は病院坂の仕切り——でなくとも、病院坂の遠い親戚の笛吹とかいう男の仕切りである。あまりへそを曲げられてもたまらない。僕は素直に（意を曲げて謝っている以上、あまり素直な態度とは言えないかもしれないが）、「悪かったな」と病院坂に頭を下げた。

「うむ。許す」

病院坂は寛大ぶって、胸を張った。この程度のことで直るような機嫌なら、最初から曲げるなと思ったが、勿論、そんな言葉は口にしない。恋する女のために僕は常に片手を空けておきたいんだ、という浮ついた台詞を思いついたが、それも口にするのは憚られた。

「……ああ、そうだ、病院坂。気になったんだけどさ、この書き方だと、きみが女だってわかりづらくない？　……つーか、わからないと思うんだけど」

ぺらぺらと、大学ノートを見返しながら僕は疑問点を口にする。

「ん？　ああ、そうか」

病院坂も指摘されて初めて気付いたようで、唇を尖《とが》らせた。ノートを覗き込むようにしてくるので、互いの顔が思いのほか近くなる。病院坂はその支離滅裂かつ偏屈な中身とは裏腹に、かなり整った造形をしているので（友人としての贔屓目《ひいきめ》もあるだろうが）、この距離まで近付いて来られると、かなりどぎまぎする。まあ僕は酸《す》いも甘いも噛み分けた男子高校生なので、照れて距離を取るような臆病鶏な真似はしないけれど。……何が酸いで何が甘いかまでは、コメントしない。

「そっか……書き漏らしていたな。まあ、性別誤認トリックということにしておこう」

「どうだろうな。きみを男と見てしまうと、男同士でこんなに仲がいいから、ボーイズラブみたいに見えなくもないぞ」

「別にいいだろ」

「よくない。そういう視点で見ると僕のきみに対する気遣いがかなり気持ち悪く見える。僕がきみに優しいのは、きみが巨乳だからだということを忘れないで欲しい」

「本当に忘れなくていいのかい？　それ……」

病院坂は呆れたような顔を浮かべるが、まあ、譲れないところと言えば譲れないところだった。

「だけど、きみの側からしても、セクシャルに興奮とか、本当に気持ち悪いからやめてくれないか？」

「その辺はサービス描写だ」

「かなりのマイナスサービスだよ。で、これは些細なことだけど、なんでK国際空港ってぼかしてるんだ？　これくらい、普通に関西国際空港って書けばいいだろう。たまたま同席しただけの見知らぬお坊さんを勝手に小説に登場させてる癖に、なんで空港の名前はイニシャルトークなんだよ」

「香川国際空港かもしれないだろう」

「香川に国際空港なんかねえよ」

多分。いや、絶対かと聞かれればこの場においては返答に迷うが、そんな近距離に国際空港を建ててどうするつもりなんだ。

「あ、でも、これは懐かしくてよかった。解決編のところ。こんな感じで鉤括弧《かぎかっこ》が連続していく演出。昔の翻訳ものってこんなのばっかだったよな。この演出だと、きみの饒舌《じょうぜつ》があんまり鬱陶しくない」

「僕の饒舌が鬱陶しいかどうかはともかくとして、まあ、自分で書いてみて、その演出の利点というものに初めて気付いたよ」

「利点？」

「うん。助手やら容疑者やら観客やらのわざとらしい相槌《あいづち》や差し挟まれる疑問といった、そういうリアクションを書かずに済むから、かなり話が早い。ところで様刻くん、謎解きそのものについて評価してくれよ。二秒で思いついたトリックとは言え、作者としては評価が気になる」

「うーん。まあ短編で、即興のアドリブで書いたんだとすれば及第点だけどさ。でも僕、個人的にはミステリーに変人の奇行を持ち込むのってルール違反だと思うんだよな。彼は変わった人だったんだが答じゃ、割と何でもありになっちゃうじゃん」

「ふむ。手厳しいね」

「で、これは好奇心から訊くんだが、本当にこんなトリックで、X線検査をクリアできるのか？」

「さあ」

あっさりと、悪びれることなく病院坂は応えた。

「僕が二秒で思いついたトリックだから、多分無理だと思うけれど……一口《ひとくち》に金属と言ってもX線の透過率や屈折率は物質ごとに違うだろうし。仏像の中のナイフが透けて見える気がする。でもひょっとしたら、やったらできるかもね。しかし、露見したらかなり高いレベルの刑事罰を受けそうだから、怖くて試してみる気にはなれない」

「自分で駄目だと思ってることを小説に書くなよ」

「嘘、大袈裟、紛らわしいが許されるのが、フィクションというものだろう——ほんの一瞬でも読者を納得させれば作者の勝ちさ。少なくとも本を読むときの僕は、そう考えているけどね」

「……で、きみはどうして、こんなもんを書こうと思ったんだ？　フライトが暇だったんなら映画でも見ていろよ」

「いや、様刻くんと小説の話をしたじゃないか。それで、書いてみればと言ったのはきみだ」

「小説は読むもので書くものではないと言ったのはきみだと思うけれど」

「前言撤回は僕の得意技だよ。なんとなく宗旨替えして、『愛すべき友人』の助言に従ってみようと思ったまでさ。しかし、やっぱり難しいものだね。読むと書くとでは大違いだ。これからは、どんな本でも違った心持ちで読めそうだね——そう思うと、有益な経験だったかもしれないな」

　相変わらず、ひとりで始めてひとりで解決してしまう奴だ。自己完結の激しさでは、他の追随を許さない。

「僕はもう飽きた。なんだったら、続きはきみが書けばいいさ。ノートはまだ半分以上余っていることだしね」

「ま……よき作者が必ずしもよき読者でないように、よき読者が必ずしもよき作者であるとは限らないさ」

　勿論、僕と病院坂の乗る飛行機はK国際空港、もとい関西国際空港に引き返してなどいないし、そもそも殺人も自殺も事故死も起きちゃいないし、僕の右隣に座っている人は多分本物のお坊さんだし、既に国境的には、もうイギリスの国内に辿り着いている。病院坂のこの小説が現実に沿っているのは、前半だけだ——いやそれにしても、僕の書かれ方は酷いが。どうなんだろうな。僕は病院坂から、隣で人が死んでいてもまるで動じない奴だと思われてるのか……それにシンプルだとか簡単だとか、どう考えてもやっぱりただの悪口だよなあ。また、ことごとく、その悪口に付随させてうまーくフォローを入れているのが、小賢しくて逆にむかつく。これで怒ったら、僕のほうが負けという気がしてしまう。

「ま……病院坂。帰ったら推敲して清書してみろよ。細部を詰めりゃ、普通に読めるもんにゃなるんじゃないか？」

「上から目線の褒め言葉には恐縮する限りだね」

「昔、上から目線の褒め言葉シリーズというのを考えたことがある」

「聞いてみたいな」

「『この小説は面白いよ。僕も子供の頃、よくこんなのを書いたものだ』」

「上からだね！」

「『デビュー作でこれだけ書ければ上等だよ。三年後にはいい小説を書いてるんじゃない？』」

「ああ、上空から言葉が降ってくる」

「『へえ、この人また新刊出したんだ。よし、どれくらい成長したか、今度暇なときにでも、読んでおいてやるか』」

「まだ読んでさえいないんだね！」

病院坂が大喜びだった。まあ、基本的に僕の読書は上から目線なので、こんな言葉でよければいくらでも思いつく。

「逆に、けなすと見せかけて褒めるって手法もあるぜ」

「それは是非聞きたいなあ」

「『十年早いね……時代より！』」

「あはは！」

大受けだった。

というか、笑い過ぎだ。

落ち着いたところで、病院坂は言った。

「けれど、しかし様刻くん、どうにもむなしいものがあるね。僕は確かに飛行中の暇つぶしでこれを執筆したものの、僕が十時間かけて書いたものを、きみは十分で読み終わってしまったのだからね」

「そりゃ、クリエーターの悲劇って奴だろ。絵画の世界なんてもっと酷いぞ。たとえ一年かけた大作だろうと、見るのは文字通り一瞬なんだから」

「知った風な口をきく」

「それくらいは、知ってるさ」

ガードル・ライアス氏は、その『呪いの小説』の執筆に三年をかけたと、病院坂は言っていたが——その小説さえ、きっと読むのに一日二日とかかるまい。まあ、『読み終えたら死ぬ』なんて小説を、そもそも読もうとは思わないけれど——それ以前に、全文英語では、僕には読めるわけがないのだけれど。そんなことを考えているうちに、飛行機が大きく揺れた——どうやらヒースロー空港の滑走路に、無事着陸したらしい。僕の左側で病院坂がその衝撃で「きゃんっ！」と、似合いもしない可愛らしい悲鳴をあげ、右側ではお坊さん（多分）が、目を覚ましたようだった。病院坂が手遊びで書いた小説の文中の言葉を拝借するなら、僕と病院坂の個人的な修学旅行兼卒業旅行は、こんな感じで始まったのだった。

2　ヒースロー空港～グレッグホテル（午後五時～）

しかしそこからが大変だった。飛行機から一歩踏み出せばそこはもう海外、初海外ということで、いやが上にも緊張してしまったものだが、試練はいきなり訪れた。入国審査である。滞在期間や滞在目的、あるいは滞在先などを、空港職員の人に聞かれることになるのだが、そのやり取りは英語で行われることになっていたのだ。『愛すべき友人』、病院坂黒猫は卒業後の進路をアメリカの、有名ではなくとも高名な研究機関に定めているくらいだ、一応の英会話程度はこなせるらしい（この手のことでは病院坂は謙遜をすることが多いので、『一応』どころか多分本当はぺらぺらだ）。ただし僕は普通に大学に進学する予定の高校三年生である。つい先日受けたセンター試験での英語は、自己採点の結果九十二点だったが、そんなものが実地の英会話に何の役にも立たないことは、高校生ならみんな知っている。むしろ余計な知識は邪魔になることのほうが多い。まあなんとかなるだろうとここまで考えていなかったが（こういうところが病院坂からシンプルと言われるのだろう）、しかし彼女は、

「いいか、様刻くん。僕の遠い親戚の笛吹を含め、海外旅行経験者が異口同音に言うことだが、絶対にここでふざけては駄目だ。この場所は、裁判所よりも洒落《しゃれ》が通じないところだそうだ」

と、珍しくにやにや笑いを取り下げて、真剣な面持ちで言うのだった。そんなことを言われれば、緊張も更に高まるというものだった。

「そんなものなのか……」

「テロ対策とかね。色々大変なんだよ」

「そう考えると、日本って馬鹿みたいに平和だよな」

「日本の入国審査でも、おふざけは通じないと思うけどね」

結論から言えば、その関門は問題なく通過できたのだが（やましいところはないのだから、当然と言えば当然だ）、病院坂は大爆笑していた。曰く、『海外の入国審査を日本語で越えようとした男はきみくらいのものだ』と。いや、まさか僕も、自分の口からここまで英語が出てこないものだとは思わなかった。相手が何を言っているのかはかろうじてわかるが（簡単な英語を使ってくれているのだろう）、返す言葉が全部日本語になってしまった。通用しないのはわかっていたとは言え、何だったんだ、僕の六年間の英語教育。最終的には隣で審査を受けていた病院坂から助け舟を受ける形になってしまったが、まあなんとか。

「電車なら二十分くらいでロンドンに着くらしいけれど」

観光ブックを見ながら、病院坂は言った。

「込み合いそうだからね。タクシーを使うことにしよう」

「僕は別にいいけどさ。いきなりそんな散財して大丈夫なのか？」

「笛吹からクレジット・カードを預かっているからね。大丈夫さ」

言って病院坂が僕にかざしたのは、真っ黒なカードだった。なんだろう、真っ黒って、あんまり信頼の置けなそうなカードだ。ブラックリストにでも載せられているんじゃないのか？

「そもそもクレジット・カードって本人以外が使ってもいいのかよ」

「僕はいい」

とは言え、タクシーではカードを使えないので、現金で支払うことになったのだけれど。タクシーの形が日本と全然違って、まあ初めて海外を感じたのは、そのときだったと言っていい。病院坂はホテルの名前を運転手さんに告げて、後部座席に乗り込んだ。ちなみに、病院坂のトランクを持つのは僕の役目だった。さりげない優しさのつもりは全然ないのだが。

「初乗りが二・二ポンドか……安くはないな」

「まあ、そうだね」

病院坂は笑う。心中は察しがたいが、笛吹という男の持ち金を使い放題なのが嬉しいらしい。だとしたら随分と黒い悦びだ。病院坂のところの家族——というか一族が、色々複雑なのは知っているが、中途半端に知っているだけにどうも突っ込みづらく、その辺りは放置するしかないのが現状だった。

「ちなみに病院坂、ポンドって今、いくらくらいだっけ？」

「……きみは銀行で両替をしてこなかったのか？まさか日本円しか持ってきていないということはないだろうね」

「いや、銀行員の人に言われるがままに金払ったからさ。よくわかんないんだよ」

「お大尽だね。まあ、二百五十円くらいじゃなかったっけな。だから初乗り二・二ポンドで、五百五十円くらいか」

「なんだ。それなら日本より安い」

「最終的には高くなるよ。ロンドン市内に入ると一方通行ばかりで、料金や時間がかさむことも多いそうでね」

「ふうん……京都市内みたいなもんか」

「京都は世界一運転しづらい都市だと言われているらしいね」

京都に観光に来ている外国人たちはこんな気分だったのか、みたいなことを僕は思った。まあそんな率直な感想を口にしたら病院坂に笑われそうな気もしたので、黙っておくことにした。そう言えば、僕はこの時点において、宿泊するホテルの名前も知らないことに気付いたが、今更訊くのも憚られる話だったので、それも黙っておくことにする。そこで『呪いの小説』についての話をもう少し訊いてみようかと病院坂のほうを向いてみると、彼女はやや俯きがちで、心なし、青ざめているようにも見えた。

「おい、病院坂……どうした？」

「うん？　どうもしないけれど？」

顔を起こし、努めて陽気にそんなことを言う病院坂。しかし努めてそう言ったのだということくらいは、僕にもわかった。この状況で、人間恐怖の症状が出ているとは思いにくいので……恐らく、ただ単純な疲れだろう。そもそも病院坂は（自作小説の中では敢えて緩めに書いていたようだが）、冗談みたいに身体が弱いのだ。十二時間十三時間のフライトを、平気でこなせる人間ではない。卒業後のアメリカへの渡航にしたって、何とかスケジュールを調整して僕が同行しようかと思っているくらいである。案外、あんな空想的な小説を書いていたのも、気を紛らわすためだったのかもしれない。

「……ホテル戻ったら、今日はもう休めよ。明日から、たっぷり時間はあるんだし」

「そうしたいところだが、そうもいかない。時間的に……そうだね」

病院坂は時計を確認する。腕時計の時間は、当然、イギリス時間に合わせられている。

「チェックインした直後に、件《くだん》の作家先生とお会いする約束になっているから……夕食をご馳走してくれるそうだよ」

「無理すんなよ。明日でもいいだろ」

「いや、面倒なことは先に済ませておきたい。とりあえず作家先生から話を伺えば、それで最低限の義務は果たしたと言えるからね。様刻くん」

病院坂は、ぎゅっと、僕の手を握ってきた。手の上に手を重ねるようにして。

「明日からは観光を楽しもうじゃないか」

そんなことを言われてしまえば、もう言葉はない。僕は敢えて言葉を続けず、せめて病院坂をこれ以上消耗させないようにと、黙ったのだった。まあ、僕はあまり真面目な読者とも、よき読者とも言えない人間だと思うけれど（上から目線だ）、それでも作家と会うとなれば、ちょっとはどぎまぎするものだった——それがたとえ今まで読んだこともない、どころか名前も聞いたことのなかった作家だとしても。ホテルにチェックインして（当然、その手続きは全て病院坂が行った。日本にいるときはただの引きこもりなのに、海外では妙に頼もしい）、大して休みもせず、そのままロビーで作家先生——ガードル・ライアス氏と合流したのだった。なるほど、病院坂に見せてもらった著者近影の通りである。ただ、著者近影に使われていたのが古い写真だったようで、若干、それよりも年齢を重ねているように見えなくもない。そう言えば三年間、新刊を出していない——のだったか。ホテルのロビーという人目につく場所だからか、サングラスに帽子と、変装らしきものをしているようだったが。病院坂が外交モードで彼と握手を交わし、英語で何やら言い合っていた。どう話がまとまったのか知らないが、そこからタクシーで中華街に移動することになった。……世界中どこにでもあるんだな、中華街。それから二時間くらい食事を楽しんだのだが（中華料理はどこで食べても安心する。さすがは食の王国と言わせてもらおう）、まあ正直言って、病院坂もガードル・ライアス氏も、いったい何を言っているのかわからなかったので、それについての描写は省略。こうしてみると、言語というのは、やはり最大のコミュニケーションツールなのだなと思わされた。英語が喋れれば世界中に友達ができる——とまでは、やっぱり思えないけれど、考えてみれば、僕は犬とも友達にはなれない。どうせ病院坂があとで説明してくれるだろうから、話はそのときに聞こう。どうやらガードル・ライアス氏のほうも、病院坂ばかりに話しているようだし——日本の女子学生が好みなのだろうか。いや、男子学生のほうは明らかに言語が通じないのだから、その対応も当然か。

「サインと写真撮影を頼んだのだが、断られてしまったよ」

会食を終えて、病院坂は久しぶりの日本語で、そう言った。

「なんだ。ファンになったのか？」

「いや、礼儀にと思って。結構気難しい人だったよ。笛吹の友人らしいと言えば、その通りだ」

「ふうん。けど、その割に、きみは楽しそうに話してたじゃないか」

「空元気《から》だよ。他国語を使うというのは神経を使うということだからね。テンパってハイになってしまったというのが正しい。あー、頭がふらふらする。こんなことじゃ渡米後が思いやられるな。悪いが会食の翻訳作業は明日ということでいいかな」

「もちろん」

そして僕らはタクシーでホテルまで戻り、その日はそのまま、床に就いたのだった。ちなみに、どういうつもりなのか、いや、どうせ僕をからかうという理由に起因するものでしかないのだろうが、病院坂はツインルームの二名様一室利用でホテルの部屋を取っていたので、僕はこの夜、初めて病院坂と枕を並べて眠ることになった。疲れているのに眠れなかったのは、ベッドのサイズがやや小さめだったこととは、あまり関係がなさそうだった。

3　観光一日目／シャーロック・ホームズ博物館（午前九時〜）

「なんだ。手を出してくれなかったのか」

寝起き一番、病院坂は自分の着衣を確認しながら、そんなことを独り言のように、しかし明らかにこちらに聞こえるような声量で言ったのだった。

「……初めての海外旅行で疲れ切ってる友達に手を出すほど飢えてねえよ」

「そうかい。淡白だね」

「きみが持ってきた観光ブックを、今読んでたんだけどな……どうもきみの昨日の症状は、時差ボケというらしいぞ」

「へえ？」

きょとんと、目を丸くする病院坂。ちなみに服装は（保健室登校児の病院坂にとってはもはや制服と言っていい）学園指定の体操服である。とことん修学旅行気分だ、こいつは。もっとも、ホテルにてっきり備え付けで用意されているものだとして、寝巻きはおろか体操服さえ持ってこなかった僕は、まさか学生服で眠るわけにもいかず、シャツにトランクスという下着姿で寝なければならなかったのだが。昨夜、病院坂はそのまま腹筋が引きつって死ぬんじゃないかというくらいに大爆笑した挙句（彼女の笑顔が見れることを至上《しじょう》の悦びとする僕にとっては本《ほん》望《もう》という他ない）、

「日本のホテルのサービスは異常なんだよ。歯ブラシやら何やらのアメニティグッズも、全然ないだろう？」

と、教えてくれた。もっと先に教えろとも言いたかったが、知らないほうが悪いと言われればその通りだった。しかし病院坂と同室でさえなければ、別に気にも留まらないことだったのだが……むしろ、半裸《はんら》の男が隣で寝ているというのに、どうやらぐっすり休め、疲れも取れたらしい病院坂黒猫を、ただただ高く評価すべき場面なのかもしれない。しかしまさか冷蔵庫までないとはな……。

「時差ボケねえ……てっきり僕は、時差ボケというのは、国々を行き来するために今が何時かわからなくなる症状のことを言うのだと思っていたよ」

「ばかじゃないのかと言いたいところだが、僕も実は同じことを思っていた。けれど、どうもこれを読む限り、体内時計と実際の時刻のズレから生じる体調の悪化のことを言うらしいな。そういや僕も、きみほどじゃなかったんだろうけど、なんとなく頭痛を感じていたんだ。ありゃ二徹したときとかに似てる」

「はあ」

「ま、バファリン飲んだら治ったけどな」

「様刻くんはどうしてバファリンをそこまで信仰しているんだい……？」

病院坂は本当に不思議そうに訊いてきた。まあ、今回の旅行に際し、僕が唯一持ってきた薬が（病院

坂言うところの『ちっちゃなセカンドバッグ』の中に入れてきた薬が)、バファリンである。まあ、僕のような人間は、意外と優しさに弱いのだ。

「観光に行く前にどっか店寄ってこうぜ。歯ブラシとか買っとかなきゃ」

「僕は持ってきているよ」

「けど、一緒に来てくれなきゃ買い物できない」

「片言《かたこと》で全然通じるんだからさ。折角ロンドンまで来たんだ、少しは自分で喋ってご覧よ。小さな子供のように、情けなくも僕の後ろにこそこそ隠れている姿を、どんな風に妹さんに釈明するんだい?」

「夜月には、あれだよ、ロンドンで友達を百人作ってきたと言うつもりだよ」

「ただの嘘じゃないか」

「優しい嘘だ」

自分にな。まあ、病院坂の自作小説に書いてあった通り、家族にはこのロンドン旅行は秘密だから、土産話そのものをするつもりはないのだけれど。

「まあ、ミネラルウォーターの類をまとめて購入しておいたほうがいいのは確かだろうね。様刻くんはどうせ知らないだろうけど、ヨーロッパの水は日本人の体質には合わないことがあるのだ」

「へえ? そうなのか? 衛生面で問題があるとは思えないけれど」

「うん、だから日本人の体質には、だよ。日本の水は軟水でヨーロッパの水は硬水だからね。ミネラルが多く含まれている」

「身体によさそうだ」

「そう思うなら飲んでみるといい。しかしきみの大好きなバファリンは、胃腸薬ではないはずだよ」

まったく予習をして来なかった僕が、綿密に下調べをしてきたらしい病院坂にできる反論などあるわけもなく、僕たちはまず、ホテルの近くのスーパーマーケットに行って、歯ブラシやら水やら、滞在に必要なものを購入した。支払いは病院坂がクレジット・カードで受け持った。あんな怪しげなカードを使いこなす日本人女学生が珍しかったのか、店員さんはなんだか驚いていたようだけれど。それからもう一度ホテルに戻って、病院坂がシャワーを浴びるのを待った。昨日は疲れていたので、バスルームはただの更衣室としてしか使用しなかったのだ。まあ僕は男の子なので、いっそ一晩くらい風呂を浴びなくてもいいやと思えるのだが、病院坂はそうはいかなかったらしい。まあ、髪、長いしな。湯上りの病院坂を見れただけでも、僕にしてみれば、この旅の目的は果たしたという感じだし、この待ち時間は別に惜しくない。ホテルのレストランで朝食を摂って(バイキング形式だった)、それから本日の観光へと出発することになった。ていうかもう完全に観光ムードだ。

そう言えば、ちょっと驚いたというか、カルチャーショックだったのは、イギリスでは日本と、建物の階数の数え方が違うことだった。日本でいう一階は『グラウンドフロア』と言って、日本でいう二階がイギリスでは『一階』、以降三階が『二階』、四階が『三階』ということになるらしい。だから僕達の泊まっている部屋『501』号室は、日本で言えば六階の位置にある。昨日、ガードル・ライアス氏と『一階で待ち合わせ』という約束をしていたため、まあ他愛のない行き違いがあって、そのときに覚えた。ロンドンの人はややこしいと思わないのかなあと思ったが、あちらさんから見れば、日本のほうがややこしいのだろう。でも、つまりこの国では、『三階まで階段で六十秒かかるビルがあります。では六階まで何秒かかるでしょう?』というあの有名なクイズの答が変わってしまうということになってしまうのだろうか。

「〜〜♪　〜〜〜♪」

昨日の夜の調子の悪さが嘘のように、病院坂は上機嫌だった。地図を広げて、ロンドンの街並みを楽しむように闊歩《かっぽ》する。もともと好奇心の強い女なので、知らないものや知らない場所は、大好きなのだろう。嫌いなのは――知らない人間くらいなのだ。

もっとも、僕もまるで無感動だというわけではない。日本とはまるで違う、石造りの建物が碁盤目状に並んでいるのを見れば、まるで別世界に迷い込んだようで、年甲斐もなくわくわくしてしまう。……ここで年甲斐もなくという言葉が出てきてしまうところが、枯れてるとか言われちゃうんだろうけどな。

「で、くろね子さんよ。今日はどこに行くんだ?」

「ベイカー街」

「ん?」

聞いたことがある。

ような、気がするが。

「知らないでは済まされないよ。ベイカー街と言えばミステリー読みにとっての聖地じゃないか」

「あ……シャーロック・ホームズか」

「しかり」

病院坂は頷く。

「シャーロック・ホームズ博物館というスポットがあります。まずは私達はそこに向かうことになります」

何故か突然ガイドさんみたいな口調になって、病院坂は頬を上気させて、そう言った。……上気っつーか、上機嫌の理由はそれか。

「いや、まあ、この旅の主役はきみだし、コースは好きにしてくれていいけどさ。でも、ロンドンに来て最初に行く場所がシャーロック・ホームズ博物館なのかよ」

「他にどこに行くんだい?」

病院坂が不思議そうに言う。……いや、行くところはいっぱいあるだろうが。僕はロゼッタ・ストーンが見たいんだよ。

「シャーラップ!」

病院坂が何故か英語で、しかも張りのある大声で僕を怒鳴りつけた。周りの通行人たちが全員僕達のほうを向いてしまった。旅の恥は掻き捨てといっても、これはいくらなんでもない。

「わかったわかった。きみの行きたいとこ行こうぜ。僕はどこでもついて行くよ……、で、ベイカー街ってのはどこなんだ？　こっから歩いていけるのか？」

「歩いて歩けないことはないが、折角だから地下鉄を利用しようと思う」

「なんだよ。移動はタクシーで、が、きみのモットーじゃなかったのか？」

「うむ。しかし、地下鉄、ベイカー・ストリート駅の壁面は、ホームズのシルエットで埋め尽くされているという話なのでね。まずはその壁を鑑賞して、気分を盛り上げよう」

「…………」

なんで地球の裏側まで来て、地下鉄の壁を見なくちゃいけないんだ。シャーロック・ホームズか……実はあんまり読んでないんだよな。コナン・ドイル自体は結構読んでるつもりなんだけど、どうも生来の天邪鬼《あまのじゃく》具合が発揮されて、恐怖小説ばかり読んでしまう。僕はどちらかというと、マニアックなことを言って通ぶりたい人間だから、有名作にはどうしても点が辛くなる。とは言え、確か病院坂も、そこまでホームズに傾倒している本読みではなかったと思うのだけど……あれはツンデレ的反応だったのか。て言うか、偉大過ぎて好きとか嫌いとか、そういうレベルではないのかもしれない——そういう気持ちなら、わからなくもない。地下鉄の切符の販売機はタッチパネル式で、また、日本語での案内があった。単純な反応だけれど、やっぱり日本語を見ると少なからず安心する。ゾーン1とかゾーン2とか、切符の買い方はわかりづらかったけれど、そこはくろね子さんにお任せした。日本語にさえ対応できていない僕だった。

「なんでもそつなくこなす日本の様刻くんも悪くないが、何にもできないロンドンの様刻くんもなかなかいいね」

病院坂のそんな皮肉が聞こえた気もしたが、気にしない。相手に依存するのもある種の甲斐性だと聞いたことがある。改札を通り、エスカレーターでホームへ。エスカレーターの速度は随分速かった。ちょっと怖いくらいに。

「ロンドンでは、急いでいる人のためには左側を空けるんだ」

「関西と一緒だな。関東のほうじゃ右側を空けるっていうけど、やっぱ関西のほうがグローバルだってことか」

「関西人はみんなそういうのだとさ」

反応の悪い病院坂。別にどうでもいい話題のようだった。まあ安全のことを考えれば、エスカレーターの上で移動するのって、あまり褒められた行為じゃないそうだしな。そして地下鉄の車両に乗り込んだところで、ようやく、『呪いの小説』の話になった。

「まあ、話は大分具体的になったけれどね——とにかく、その新作を読んだふたり、ガードル・ライアス氏の奥方、エージェントのふたりが死んだというのは本当らしい」

「うん。けど、それならやっぱり偶然と考えるべきだよな」

「いや、どうも不可解な話でね——そのふたりは、自殺で命を落としたらしいのだ」

「自殺？」

地下鉄の車両内は、日本のそれとは違い、天井がやや狭いように感じられた。西洋人は日本人よりも身体が大きいはずなのに、こんなサイズの車両で不自由はないのだろうかと、他国のことながら心配になった。

「自殺——」

「うん。奥方も、エージェントも、二人とも、自殺らしい——それも、不可解な自殺だ」

「………」

どう不可解なのかにもよるけど、そうなると偶然という確率はぐっと下がるな。親しい人間が連続で——あるいは連鎖して、何の原因もなく自殺するなんてことは、あまり考えられない。

「残念なことに、ガードル・ライアス氏の話を聞いて、それで義務は果たしたと言い張ることはできなくなりそうだよ。その不可解さが、ただの偶然であることを証明しなくてはならない――かもしれない」

「かもしれないって」

「不可解ではあるけれど、わからないわけじゃないからね――今いちやる気が湧いてこないのさ。しかし、実際にああしてガードル・ライアス氏本人と会って、話して、知り合いになってしまうとね。悩んでいるのなら無下《むげ》にできないとも思ってしまうよ。悩んでいるのだとすれば、『呪いの小説』なんてあり得ないにしろ、本人が本気で悩んでいるのだとすれば、それがただの偶然であることをわかりやすく示してあげるべきなのかもしれない」

「お優しいこった」

「優しいのに弱いのでは？」

病院坂はいたずらっぽく、そう笑った。まあ、その通りではあった。けれど、世捨て人の厭世家を気取っているくせに、病院坂が意外と情に流されやすい奴であることも、また確かなのだった。歩いていけるというだけのことはあって、ベイカー・ストリート駅にはすぐに到着した。地下鉄の壁面には、本当にホームズのシルエットが印刷されていて、ちょっと怖いくらいだった。まだ行ったことはないけれど、鳥取の水木しげるロードが、案外こんな感じなのかもしれない。愛されてるんだな、ホームズ……そう言えば、死んだはずのホームズが、ファンの要求で生き返ったみたいなエピソードもあったっけ。それってミステリー的には、ものすごい『死者の蘇《よみがえ》り』だよな。

「あはははひゃっほう！」

そして実際、シャーロック・ホームズ博物館に到着するに至り、病院坂の興奮は頂点に達した。というか壊れた。これが桜桃院《おうとういん》学園始まって以来の才媛《さいえん》とも言われる女の姿かと思うと、恐らくは彼女と一番深い仲であろう僕でさえドン引きするくらいの、アルカイックスマイルだった。

「早く早く様刻くん！　すごいよ！　この階段がきっと本当に十七段なんだよ！　うわ、数えなきゃ！　ホームズ先生に注意力がないと叱られてしまう！」

ホームズ先生って。

「いや、病院坂、ここ有料だから、先にお金を払わないと……」

「金？　そんなものはあとでいくらでもくれてやると言え！」

「いや、先払いだし」

僕は払えないし。

「くっ……」

水を差されたことが不満のように、これまで見たこともないような凶悪に不愉快な顔を見せ、しかしぎりぎりのところで理性は残っていたらしく、病院坂はメイドさん（の格好をした店員さん）に、料金を、ここでは現金で支払った。ひとりあたり、六ポンドだそうだ。一ポンドが二百五十円だから……千五百円か。博物館の規模から考えたら、結構するな。一階はギフトショップになっていて、ホームズ関連のグッズが色々と売っていた。まあ、誰にも秘密の旅行だから、お土産を買う必要はないんだけれど、それでも目移りしてしまうな。

「さあチケットは入手した！　急ぐぞ様刻くん！　ホームズ先生を待たせるな！」

「いや、病院坂、きみの夢を壊すようで何だが、僕は多分、ホームズ先生は架空のキャラクターじゃないかと思うんだ……」

「そんなわけ、あるかあ！」

またも怒鳴られた。メイドさんがびっくりしている——かと思いきや、割と平静を保っていた。案外、度を過ぎたシャーロキアン（ホームズのファンはそう呼ばれるらしい）は、みんなこんなものなのかもしれなかった。

「1、2、3、4……」

病院坂は本当に階段の段数を数えながら、二階へと上っていく。この調子で二階についたら、こいつ死ぬんじゃないかと思いながら僕は、その後ろをしずしずとついていった。何だろう、僕も僕で、ホームズファンでないとは言え、結構楽しめるはずの場所なのだが、今は病院坂が奇行に走らないかどうかばかりが気になって、それどころじゃない感じだった。

「16、17！　本当に十七段だ！　やったあ！」

きみは何もやっていないと思ったが、突っ込みはいれない。確か、この二階の部屋が、ホームズの書斎なんだっけな……。ホームズ先生は架空のキャラクターだと言い切った僕だったが、その書斎には、ホームズ先生のお姿があった。いや、勿論蠟人形なのだが。物語に登場した様々なガジェット（探偵七つ道具やら、フラスコなどの研究用品やら）が飾られていて、いやが上にも気分を盛り上げてくれる。果たして病院坂は、めまいを覚えたかのように、くらっと膝を崩しかけていた。僕は慌ててそれを支える。いや、マジで洒落にならないくらいドン引きだ。人間って、ここまで何かに感動できるものなのだろうか。

「さ……様刻くん」

「はあ」

「こんな幸せなことがあっていいわけがない。これは夢ではないだろうか。ちょっとつねってみてくれ」

「わかった」

僕は病院坂の乳首をつねった。いや、いやらしい意味ではなくギャグとして！　あくまでも、このどうしようもない空気を打破するためのギャグとしてだ！　大体、制服の上から乳首の位置なんかわからない。僕はそこまでの上級者ではない。精々ブラのホックを片手で外せる程度だ。

「あれっ!?　気持ちいい！　やっぱり夢か！」

「気持ち悪いわっ！」

思わず突き飛ばしてしまった。過激な突っ込みに、通常のコンディションだったら床に倒れこんでしまっただろう病院坂は、しかしそれはそれで地形効果、今だけはバリツのスキルでも持ち合わせているのか、なんとか持ちこたえた。突き飛ばされた痛みで、これが夢ではないと確信はできたようで、そのままふらふらと、蠟人形のほうへと寄って行く。ぎしぎしと床が鳴る——建物自体は、相当古いらしい。

「はあ……はあ……はあ……、いや、様刻くん、取り乱してしまって済まない。もう大丈夫だ、落ち着いた」

「いや、もう僕にはきみが病人にしか見えない」

病人坂黒猫だ。

「ちょっと写真撮影を開始するから、離れていてくれないか。様刻くんの姿が鏡やガラスに映り込んでは台無しだからね」

「台無しとか言うな……」

じゃあ先に行ってるぞ、と僕はその書斎を後にした。病院坂から返事がなかった。友情っていったいなんだろうな、と思いながら、僕は階段を上り、三階へと向かった。建物自体は四階建て。屋根裏のような部屋もあったが、這入《はい》ることはできなかった。書斎が再現されていた二階と違い、三階はより展示室に近いイメージで、にわか読者の僕にはちょっとわからない、マニアックなガジェットが展示されていた。それでも本の中に仕込まれた拳銃とか、見ていて面白いけれど。ちなみに、病院坂はどうやらコンパクトなデジカメを持ってきていたようだが、僕は今回の旅行、カメラの類を持ってきていない。携帯電話のカメラ機能を使おうにも、どうせ海外では使えないからと置いてきてしまったし……、けれど、こんなことなら、インスタントカメラの一台くらい持ってきてもよかったかな。どうせ僕のことだ、撮るだけ撮って、現像しないのだろうけれど。

「様刻くん！　どこへ行ったんだ！　僕とホームズ先生のツーショットを撮るという大事な役割がきみにはあるというのに！」

階下から、恐らくは日本人観光客のものと思われる勝手な要求が聞こえてきたので、僕は「やれやれ」と呟いて、階段を降りていったのだった。

4 観光一日目／マダム・タッソー館（正午〜）

もらったパンフレットを読めば、シャーロック・ホームズ博物館は、英国政府から第二級重要文化財に指定されるほどの文化的価値のある建築物らしいのだけれど、しかしその文化的価値のある建築物から病人坂、いや病院坂を引き剝がすのはひと作業だった。「鑑賞用、保存用、布教用に三回見なくては駄目だ」などといよいよ頭のおかしいことを言い出したので、半ば強引に一階のギフトショップにまでつれ下ろしたまではよかったが、そこでの買い物にまた時間がかかった。女子の買い物に時間がかかるのは知っていたが、お土産を渡す相手もいないだろうに病院坂は一時間近く、このギフトショップに張り付いていた。

「二回に分けて買わなくちゃね」

「？　なんでだよ」

「一回目はかさばるものをまとめて買って、二回目は薄くてかさばらないもの、そうだね、たとえばこの当時を再現した新聞などを購入する。そうすれば、ほぼ綺麗なままの商品袋が手に入るだろう？」

いやもうその考え方本当に気持ち悪い。まあ、文句を言いながら、僕もシャーロック・ホームズの小さな銅像を購入したのだけれど。

「僕達もいつかこんな風に、博物館を建てられるくらいの人間になりたいものだねえ」

「どういう理由で僕達の博物館が建てられるんだよ……しかも国が認めるようなレベルの博物館だぞ」

そんなわけで、シャーロック・ホームズ博物館をあとにする頃には、時刻は正午を過ぎていた。昼ごはんでも食べようかと思って病院坂にそう言うと、

「イギリスでは一日二食が基本だ」

と言い返されてしまった。

「郷に入っては郷に従え、だよ、様刻くん」

さっきまでの取り乱しようが嘘のように、偉そうな口調で病院坂はそう言うのだった。畜生、本当にデジカメ、それもビデオカメラを持ってくればよかった。あの舞い上がり振りは、一生ネタにできたはずなのに。

「じゃ、これからどうする？　いったん荷物を置きにホテルに戻るか？」

「んー。まあ、折角ベイカー街まで来たんだし、話に聞くマダム・タッソー館にでも行ってみるというのはどうだい？」

「うん？　知らないな。有名なところなのか？」

「単純な知名度で言えばシャーロック・ホームズ博物館よりも広く知られているだろうな。平たく言えば蠟人形館だよ。歴史上の有名人の蠟人形が、ところ狭しと並べられているそうだ。その蠟人形も、さっき見たホームズのものよりもかなり精巧らしいよ」

地形効果は解けたらしく、さすがに博物館を出てまでホームズを先生付けはしないらしい病院坂。大分理性が戻ってきたらしく、僕は安心する。ずっとあのテンションを続けられたら、僕でも付き合いきれなくなるだろうからな。

「まあ近くなら寄っていこうぜ。徒歩でいけるくらいなんだろ？」

言って僕は、さりげなく病院坂の手荷物、即ち先ほど病院坂がギフトショップで購入したシャーロック・ホームズグッズを持ってあげようとしたが、さらりとかわされてしまった。この病院坂でも、他人に触れられたくない領域というものはあるらしい。優しさが出る幕ではない場所も、まあ確実にあるのだった。

道中、話題は『呪いの小説』のことに戻った。切れ切れで話してばかりなので、どうも僕の中で話が繋がりづらいが、まあガードル・ライアス氏本人や友人である笛吹氏、その親戚である病院坂にしてみれば別なのだろうが、僕にしてみれば所詮は海の向こうの与太話の類である。病院坂は直接作家先生本人に会うことによって、いささか縁ができてしまったようだが、英語を解さない僕は作家先生とは、簡単な挨拶しかしていない。実際に人死にが出ている以上言い方は悪いが、対岸の火事のようなものだ。不謹慎だと思われても、僕はあくまで最近のガキなのである。

それでもまるで興味がないというわけでもない。事実このときも、話題を戻したのは僕のほうからだった。

「奥方とエージェントが自殺したってことだったけれど——それぞれ、どんな風に自殺したんだ？　それこそきみが書いた小説じゃないけどさ、自殺に見せかけた他殺とか、自殺に見えてしまう事故とか、そういう可能性はあるわけだろう」

「まあ、そうだよね——ただ、殺人だとすると、やっぱり作家先生が犯人ということになってしまう。

動機は話題作り」

「でも、考えてみれば、そんな風に思わせるために、誰か——たとえば作家先生のライバル作家——が仕組んだって可能性も、なくはないよな」

「ああ、後期クイーン問題だね。懐かしいな。五年前くらいに話したね」

「いや、半年くらい前だったと思うけど」

「そうだっけ」

「五年前なんて出会ってもねえよ……それに、そうだ、作家先生の利害関係を抜きにしても、まあその新作、『呪いの小説』の出版を差し止めたい人間がいたと仮定することもできる。たとえば……その小説はどこか現実の犯罪をモデルにしていて、その事実を公表されては困る、と思った人がいた……だから」

「ふうん。社会派だね」

思ってもいないだろう癖に、病院坂はそんな相槌を打った。

「けど、それなら作家先生本人を殺して、小説のデータを処分したほうが早い」

「周囲から殺していくことで、作家先生に恐怖を与えているんだ」

「遠回し過ぎるなあ。まあ推理小説と違って、現実の人間なんて、何を考えてどう動くか、わかったもんじゃないけどね。変人の奇行は現実世界じゃ当たり前のことだ……けど、それはないと思うよ。作家先生曰く、小説が完成したことを知っているのは、読んだふたり——自殺したふたり、奥方とエージェントだけだそうだから」

「ふうん。……しかし、作家先生もびっくりしただろうな。そんな相談を持ち込んだのに、まさか女子学生がやってくるとは思ってなかっただろう」

「その辺は笛吹がうまくやってくれたようだよ。僕の学校で起こった殺人事件とか、その他諸々とか、あることないこと、作家先生に吹き込んでくれていた模様でね」

ふうん、と僕は頷いた。ま、ガードル・ライアス氏にしてみれば、わらにもすがるような気持ちなのかもしれない。ことがあまり公になっても困る——のだろうし。それは、ガードル・ライアス氏本人が犯人でない場合に限っての話だけれど。

「で、具体的に、奥方とエージェントはどんな風に自殺していたんだ？　首吊りとか、投身とか、一口に自殺って言っても色々あるじゃないか」

「そういう質問を淡白に投げかけられるところが、様刻くんのいいところだと僕は思っているよ。まあ、奥方が自殺したときは、まだガードル・ライアス氏はそれと自分の小説とを、あえて関連付けては考えていなかったらしいんだけどね——奥方は、風呂場で自殺したらしい」

「風呂場で？」

となると……考えられるのは、リストカット、とかかな。剃刀か何かで手首を切って、それをバスタブに溜めた水の中に浸けるという様式の自殺法があるというのは、知識として知っている。ただ、どうだろう、あれってかなり失敗する確率の高い自殺法だという話だった気がするが……ガードル・ライアス氏の奥方は、成功したということか。いや、死んでしまったのだから、それはやっぱり失敗なのかな？

「ああ、違うよ様刻くん」

病院坂は言った。

「リストカットではない。溺死《できし》だ」

「溺死？」

「ん。まあ溺れたわけじゃないから——窒息死というほうが正しいのかな？　まあどちらでもいいのだけれど——とにかくね、奥方は、バスタブに溜めた水の中に頭だけを突っ込んだ姿で発見されたらしい」

「え……？」

ちょっと——それは想像を絶するな。どういう状況で、どういう姿勢なんだ？　そもそもそんな雑なやり方で、人は死ねるものなのか？

「洗面器に顔を突っ込んで自殺する人間だっているんだよ。不見識だね、様刻くん——勿論、人間には意思と関係ない反射というものがあるから、意識のある状態でその死に方をするのは難しいだろう。だから睡眠薬を使用する」

「ああ……睡眠薬を飲んで、意識が朦朧《もうろう》としたところで、顔を水の中に入れるってわけか。えっと……つまりバスタブに全身が入っていたわけじゃないんだよな？」

「うん。バスタブの横に座って、その中を覗き込むように、頭だけ。服も着たままだった——らしい。睡眠薬を大量に飲むという自殺の方法もあるけどね、あれは大抵吐き戻してしまうことが多いから、こういう合わせ技を使うのが正しい作法と言えるだろう——成功率は、まあ七割と言ったところかな。とは言え、珍しい自殺法であることは違いない」

人を不見識呼ばわりしておいて、あっさりとした掌返しだった。さすが、前言撤回が得意技というだけのことはある。

「けど、病院坂……その自殺は、比較的偽装するのが簡単そうではあるよな」

考え考え、僕は言った。

「睡眠薬を飲ませることにさえ成功すれば、あとは水の中に頭を押し込むだけでいい。『呪いの小説』なんて引き合いにだすより、よっぽど真っ当だ」

「ま、だからこそ不可解なんだけどね」

病院坂も当然、そのあたりのことは考えているらしく、そんなことを言う。

「ちなみに、奥方の死亡推定時刻、作家先生はエージェントと打ち合わせをするために、家から外に出ていたらしい」

「つまりアリバイは成立している、か」

頷いて、しかし僕は不審を覚え、すぐに言葉を続けた。

「きみ、それを直接本人から聞いたのかい？」

「聞いたよ。でも、僕から質問したわけじゃない。訊きもしないのに向こうから言ってきたんだ」

「それは……怪しいな」

「まあね。でも、よっぽどの間抜けでもない限り、この状況で自分に疑いがかかることくらいわかるだろう。だから先手を打ってこちらの手間を省いてくれたのだと、好意的な見方をすることもできなくはない」

「そりゃそうだが、しかしそう思わせることで、自分に向けられる疑いを薄くしようとしているという見方をすることもできなくはないな」

「そう。要するには、考えようだよ」

病院坂はシニカルな口調で言う。

「ただ、個人的な意見を言わせてもらえれば、アリバイというものはあるほうが怪しいものだ。仮にも大の大人が細工を弄した犯罪を犯そうというときに、アリバイのひとつも作らないなんてことは、未来に希望を持つ子供としては、あんまり考えたくないね」

話が佳境に差し掛かったところで、マダム・タッソー館に到着した。特徴のある建物だったので（プラネタリウムが併設されているということだ）、それがそうだとすぐにわかった。あくまでも僕達の旅は、観光優先。事件についての考察はここでいったん中断だった。

「どうやらここで、マダム・タッソー館のチケットだけじゃなくて、ロンドン・アイとロンドン・ダンジョンのチケットも購入することができるらしいよ。どうする？」

「ロンドン・アイとロンドン・ダンジョンって何だ？」

「だから少しは予習したまえ。ロンドン・アイというのは最近できた巨大観覧車で、ロンドン・ダンジョンは、ロンドンブリッジのあたりにあるホラー・アトラクションだ。今日はもう無理だろうけど、明日明後日あたり回るつもりなら、ここで買っておいたほうが割安で手間がかからない」

「ふうん。まあ、任せるよ」

僕はロゼッタ・ストーンさえ見られれば文句はないのだ。裏を返せば、どこにでも付き合うということとである。病院坂は、ここはクレジット・カードで支払って、またも店員さんを驚かせていた。してみると、先ほどのシャーロック・ホームズ博物館では現金払いをしていたのは、聖地におけるふさわしき振る舞いという奴だったのかもしれない。そう思うと、なんだかなあ、である。

そしていよいよ、マダム・タッソー館の中に入る。うわ、結構混み合ってるなあ、人気スポットなんだなあ、なんて思ったら、半分くらいは蠟人形だった。てっきり僕は、壁際に並べて、詳細な説明と共に展示されているものだとばかり思っていたのだが、違って、ホールのあちこちに、本物の人間と見間違うようなポーズで、蠟人形は飾られているのだった。人間かと思ったら蠟人形で、蠟人形かと思ったら人間だった。

「まあ、お客さんが外国人ばかりだから、より区別がつかないってのもあるんだろうけど……これは本当にすごいな」

人形のつくりが本当に精巧過ぎるのもあるし、ポジショニングとポージングが巧妙過ぎる。

「なあ、病院坂。この蠟人形、ミステリーのトリックとかに使えるんじゃないか？　入れ替わりトリックとかに。そんであれだよ、アリバイ工作に使ったあとには、燃やして融かしちゃうんだよ。証拠は一切残らない」

「どうだろうね。蠟人形に使われている蠟って、そう簡単に融けたりしないと思うけれど……、それに、氷と違って、常温で固体なのだから、証拠はどうしたって残るだろう」

「あ、そっか」

「まあ、蠟人形はともかくとして、蠟燭というのは、昔からミステリーではよく使われているガジェットだとは思うけどね」

言いながら、病院坂は、ハリウッドスター（の蠟人形）と並んで、身長を比べてみたりしている。病院坂は日本人としてもちっちゃめの身体なので、海外に来れば尚更小さく見える――まして並んだりしたら、その差は明確だった。大人と子供みたいだ。とは言え、ホームズとのツーショットを要求したくせに、ここでは写真撮影をしようとしないあたり、病院坂らしい。あんまり映画とか、見てなさそうだもんな。

「しかし、これだけ蠟人形がある割に、日本人の蠟人形が見当たらないというのは少し悲しい話だね」

「まあ、世界的に見れば、日本なんざ所詮は極東の島国ってところなんじゃないか？　逆に、日本人がイギリスについて訊かれたとき、どれだけのことが答えられるかって話だよ」

「様刻くんは知らな過ぎだけどね」

「まったく知らないというわけじゃないよ。イギリスと言えば、シェークスピアの国だろう？」

「今はハリー・ポッターの国かもしれないね。ハリー・ポッターに登場する地名を巡る旅、なんてのも、今なら組めるのかもしれないね」

「ふうん……」

実を言うと、ハリー・ポッターはまだ未読なんだけど（若干、タイミングを逸した感じだった。病院坂言うところの『はぐれた』に似た言い回しを探すなら、『乗り遅れた』というところか）、また機会を探って読んでみようかな、と、なんとなく思った。

「そうだ、病院坂。確かルイス・キャロルも、イギリスの作家じゃなかったっけ？」

「『不思議の国のアリス』の作者だね」

「そうそう。うっかり少女が主人公の小説なんか書いてうっかり有名になっちゃったもんだから、ロリコンの疑いをかけられちゃった可哀想な人。……まったく、迂闊《うかつ》に小説なんか書くもんじゃねえよな」

「有名人をスキャンダラスに捉《とら》えたい人情はいつの時代も変わりやしないよ。推理作家もね、人殺しの話ばかり書いてるから、犯罪者予備軍なんじゃないかと思われたりするらしいね」

「つくづく、迂闊に小説なんか書くもんじゃねえ」

けれどやっぱり、理性的な病院坂は頼りがいがあっていいと、僕は胸を撫で下ろしていた。あそこまで感情的に暴走されると、やっぱりついていけなくなってしまう。病院坂のような人間でも何か大切なものを持っているのだと思うと、それはそれで微笑ましい話なんだけれど。しかし——そんな暢気なことを思っていられたのは、途中までだった。マダム・タッソー館が後半に差し掛かったところで、再び病院坂黒猫は暴走した。いったいどういう趣向なのか、館内にお化け屋敷的な施設が（唐突に）あったのだ。薄暗く、狭い通路の中、フランケンシュタインのような男が奇声を上げて襲い掛かってくる（という振りをする）というエリアである。そう言えば、ギロチンやら犯罪者の蠟人形やらを飾っている場所もあるという説明が、ガイドブックにあったような気もする。

「ぎゃああ！　ぎゃああ！　ぎゃあああああ！」

病院坂はおよそ可愛くない悲鳴を上げて、その場にしゃがみ込んでしまった。それはもう、脅かし役のフランケンシュタインもどきのほうが面食らってしまうような豹変《ひょうへん》振りだった。お化け屋敷的と言っても、基本的には蠟人形展示館のこと、フランケンシュタインもどきは大きな音を立てて大きな声を発しているだけなのだが（お客さんに触れてはならないという不文律があるのだろう）、病院坂はそれよりも更に大きな声を張り上げていた。

「怖くない怖くない怖くない！　いやもう全然怖くないよ！　こんな怖くないのは生まれて初めてだ！　こんなので人を驚かそうなんてちゃんちゃらおかしいねぎゃあああああ！」

「いや……病院坂、迷惑だからさ……」

そこまで怖がるような施設じゃない、後ろが詰まってきている。迷惑そうに僕達を避けて、先に進んでいくせっかちさんもいるくらいだ。

「ほら、行くぞ」

手を引くと、

「は、離せ！　誰だきみはっ！　僕を殺そうったってそうはいかないぞ！　殺されてたまるか殺されてたまるか殺されてたまるか！　ふ、復讐してやる復讐してやる復讐してやる！」

「きみ、どんな規模のトラウマを抱えてるんだよ……ほら、警備の人とか来ちゃうから」

ほとんど泣きじゃくるようにしている病院坂を、無理矢理、次のエリアへと引きずっていった。体重とか全然軽いくせに、乗用車でも引きずっているような気分だった。なんとか明るいエリアに出たところで一安心……とはいかず、病院坂はなかなか正気を取り戻さなかった。暴走というか、もう恐慌に近かった。冗談でなく、警備員が来るかもしれない取り乱しっぷりだった。

「病院坂、きみさあ……、言っちゃなんだけど、このくらいの可愛らしいアトラクションでそこまで我を失ってたら、どうだよ、明日だか明後日だか行く予定の、ロンドン・ダンジョンとかどうすんだよ。確かそこってホラーハウスみたいなもんなんだろ？」

「え？　いや？　行かない行かない行かない！　そんなところに行く理由なんか一個もない！」

ぶんぶんと、千切れんばかりに首を振る病院坂。なんでこいつはこんなに逆境に弱いのだろう。普段あれほど尊大に振舞っているくせに。

「いや、僕は行きたいな。是非行こう」

突然、僕の中に新キャラクター、いじめっ子な僕が現れて、突然、そんなことを言い出した。僕は全然そんなことを言いたくないのにだ。

「ロンドンまで来てロンドン・ダンジョンに行かないなんて馬鹿げている。そうだろう？」

「やだ！　行かない！　死ね！　あ、いや、怒鳴ったりしてごめん、ていうか今までのこと全部ごめん、わかったわかった、じゃあ僕がいったい何をしたらロンドン・ダンジョンには行かないでくれるかっていう話をしようじゃないか。僕達は話し合えるはずだ」

媚びへつらうような表情で僕のスラックスにすがりついてくる病院坂。普段との様変わりが激し過ぎて、そのギャップにきゅんと来る。

「だったらこんな感じで、自分で自分の乳首をつまんで笑顔でお願いしてくれたら、行かなくてもいいよ」

「こ、こう？　こんな感じ？」

迷いもしない病院坂だった。学園始まって以来の不才媛、あるいは保健室の主として恐れられている不遜な女子高生の姿はそこにはなかった。そんな病院坂の有様はこれ以上ないほどに惨《みじ》めではあったが、しかしそれでも妖しい魅力を失わないのはさすがだ。なるほど、そこが病院坂の乳首の位置だったかと僕は変なところで納得する思いだった。その後も病院坂に色々させて遊び、そして僕達はマダム・タッソー館を後にした。

5　観光一日目／アフタヌーンティー（午後三時〜）

「フランケンシュタインは化け物の名前ではなく化け物を作った博士の名前だよ。だからあの化け物を演じていた人達のことをフランケンシュタインもどきと呼ぶのは正しくない」

そんなありきたりの雑学で先ほどの失点が取り戻せるとでも思っているのか、気取った風に、病院坂は紅茶を片手にそんな講釈を垂れた。マダム・タッソー館からタクシーで移動し、僕達が泊まっているホテルより三つくらい星の数が多そうな（私服で来ていたら門前払いされそうな）ホテルの喫茶店でアフタヌーンティーを楽しもうという運びになったのだった。何でも、英国紳士は紅茶を楽しめてこそ一人前だそうだ。まあ、聞いたような話ではあるが、ちょうど小腹が空いていたところだったので、望むところだった。サンドイッチやスコーン、スイーツが三段重ねの器に盛られて、テーブルの中央に置かれている。紅茶の味（聞き覚えがあるという理由でダージリンを注文したが）がわかるほどに僕は紳士ではないが、スコーンがやけにおいしい。

「不思議だよな……なんで僕はカメラを持ってこなかったんだろう……あれほどの被写体に出会うことはもう一生ないだろうな。まあいいや。脳裏に焼きついたから」

「サービスだよサービス。それに、ちょっとは驚いてあげないと従業員の皆さんに申し訳が立たないだろう」

「従業員さえドン引きだったよ。あのアトラクション、明日から中止になるんじゃないか？」

「まあまあまあまあ、昔の話はもうやめよう。いつまでも過去のことを引きずっていても、いいことはひとつもないじゃないか」

病院坂は強引に話を打ち切った。普段ならもう少しうまく会話を運びそうなところだが、やはりどこか、落ち着いていないのだろう。

「ともあれ、今日は色々と違うくろね子さんに会えて、よかったよ」

「新しいくろね子さんも、どうかよろしく」

どうやら諦めがついたらしく、そんな投げやりな台詞を投げつつ、サンドイッチを手に取る病院坂だった。もふもふと頰張る。

「そうだ、様刻くん。今日の夜とか、何を食べようか？」

「サンドイッチ食いながら、次の食べ物の話かよ」

「いや、予約が必要な店もあるからさ」

「そうか。えーっと……昨夜は作家先生に中華をご馳走になったけど、どうだ、イギリスらしい料理ってのを、食べてみたい気がするな」

「んー。意外と難しい要求だな」

「は？　イギリス料理って、あるだろ？」

「逆に問い返そう。イギリス料理と聞いて、様刻くんは何を連想する？」

「…………」

おお。確かにぱっと出てこない。

「ローストビーフとか……あとはフィッシュ・アンド・チップスとか？　かな？」

「まあ、日本人の知識ではそんなところだろうね。様刻くん、食におけるイギリスの魅力とは、世界中の料理を食べられることにあるんだよ。フランス料理、イタリア料理、中華料理、タイ料理……勿論日本料理もある」

「日本料理。そりゃいいな。そこにするか？」

「それがきみの希望ならば。個人的には、故郷の料理はいざというときのために取っておいたほうがいいと思うけれどね」

「いざというとき？」

「端的に言うと、ホームシックになったとき……だけど、家族に黙ってロンドンまで来た親不孝者に、ホームシックなんて一番縁遠い言葉か」

「きみさ、確かさっきこんなポーズで」

「あーちょっとごめん、言い過ぎたね、話し合おう」

あっさり頭を下げる病院坂。ロンドンまでついて来てみるものだ、思わぬ切り札が手に入った。ま、こんな薄っぺらい切り札、通じて明日までだろうけれど。していると、ウエイターさんが音もなく近寄ってきて、サンドイッチの皿を取り替えた。さっきから、紅茶が切れるたび、皿が空になるたび、音もなく近寄ってきて、取り替えてくれるのだ。全然違うが、わんこそばみたいだと思った。

「どうでもいいけど、イギリスの料理店って、お絞りとか出してくれないのな」

「ホテルもそうだけれど、日本のそういうサービスはやや過剰なくらいなのさ」

「別に僕、そんな国粋主義者でもないはずなんだけれど、こういう細かいところでいちいち『勝った！』って思うのは何でなんだろうな」

「人間が小さいんだろう」

ぴしゃりと言う病院坂。手厳しい——というか恐れ知らずだ。また先ほどのことを引き合いに出してやろうかと思ったが、切り札はあまり切り過ぎても意味がない。

「ん？」

「『呪いの小説』の話だけどさ」

僕が話を振ると、病院坂はそんなことはすっかり忘れていたという風に、顔を起こした。

「ああ。何か？」

「いや——作家先生のアリバイの話だよ。エージェントと打ち合わせしてたっていうんだろう？　けどさ、そのエージェントって、そのあと死んじゃうわけじゃん。だったらどうだ？　奥方の事件のときは口裏合わせをしていて、そして口封じのために殺されたって可能性はないのか？」

「大いにあるね」

「だったら」

「だけど、エージェントといえば作家と一心同体の存在だ。そんな人の証言だけでアリバイとして成立するかどうかは、そもそも疑問だろう。近親者の証言が当てにならないというのと同じだ。作家先生が省略して言ったというだけで、打ち合わせの席には他にも数人、関係者が同席していたと考えるべきなんじゃないかな？」

「まあ——」

それが妥当か。

「うーん。話の構造が単純過ぎて、どうにもアリバイの崩しようがないな。なんだか雲をつかむような感じだ」

人差し指で軽く頭をかいて、病院坂は言う。

「わかりやす過ぎて、逆にわからない」

「そんなことを言い出したら、きみは右を向いても左を向いても、わからないことだらけになっちゃうじゃないか。どうやって生きていくんだよ」

「確かにその通りだね」

病院坂は、意外なことに、僕の反駁《はんばく》に反論することなく、頷いた。

「こりゃやっぱただの自殺かな」

「……しかし、その話を聞いていると、一心同体のエージェントさんよりも先に、奥方にその新作を読ませたってことになるよな」

「そうだね。作家先生本人の言葉を信じるならば、新作を書き上げて、推敲する前のものをまず愛する妻に読んでもらうというのが、彼の習慣だったそうだよ」

「最初の読者は常に奥さんだったたってわけだ。妬《や》けるねえ」

「そういう作家さんは、世界中どこにも、多いらしいけどね。身近な人間の意見など参考にならないという意見もあるが、しかし身近なだけに、忌憚《きたん》のない感想も聞けるというものだ。僕の小説に対する様刻くんの感想のようにね」

「僕はあれでも結構遠慮したつもりだぞ」

「そうかい？　まあ、様刻くんがあの続きを書いてくれたなら、僕は様刻くんのためを思って、遠慮のない感想を述べてあげよう」

「あの続きを僕が書いたら、イコールで病院坂、きみの醜態《しゅうたい》を詳《つまび》らかにするということになるんだけど」

「そこは徹底的に駄目出しする」

「暴君だ……」

まあ、とすると——エージェントが読んだのは、推敲後の作品ということになるのかな。推敲前のものでも、推敲後のものでも、呪いの効果に変わりはないということか……いやいや。僕まで『呪い』なんてものを本気にしてどうする。

「ちなみに病院坂——今回の件に限らず、きみはどうだ、呪いそのものについては、その存在を信じるか？　呪術とか、そういうの」

「信じるわけないだろう。そんなものは、精神医療ですべて解決がつく」

「しかし、先ほどのマダム・タッソー館では随分な恐慌ぶりだったじゃないか。あれが呪いやらを信じてない奴のリアクションかよ」

「あれはどう見ても物理的な人間だろうが。背の高い人間が奇声を発しながら襲ってくるのだぞ。びっくりしないわけがない——ま、僕は全然びっくりなんてしていないけれどね」

「そういや、きみ、前に霊を信じないって言ってたな。生きている人間さえ信じないって。あ、いや、あれは言ってたんじゃないか。小説の中に書いていたことだ」

「そうだね。でも別に小説的な嘘というわけではない、僕は合理的な考え方のできない人間というものを、信じないよ。超常現象というのはおよそ前時代の差別意識が生み出した産物だ。それに、だいたい幽霊なんていたら」

病院坂は冷めた口調で言った。

「人を殺す甲斐がないじゃないか」

「……ま、僕も合理的な考え方をしている人間のつもりだけどね。だから信じてもらって一向に構わない」

およそアフターヌーンティーにふさわしくない、不穏な空気になりかけたので、僕はわざと、故意にそうしているとわかるように、陽気な口調で言ったのだった。

「様刻くん」

どうやら僕の意思は通じたようで、病院坂は口調を改めて、仕切り直すように言った。

「仮に——物語の一要素として『呪い』の存在を認めるとして、だ。しかし『呪い』には起源が必要だろう。無から『呪い』は生じない。もしも作家先生の新作が『呪いの小説』なのだとしたら、その『呪い』はいったいどこから生じたものなのだと思う?」

「いや、それは——」

呪い自体を信じていないので、そこまで突っ込んで考えてはいなかった。

「——どうだろうな? 作家先生、誰かに恨まれたり、妬《ねた》まれたりしていないのか?」

「生きている限り、誰の恨みも誰の妬みも買わないなんてことはあるわけがないだろうけれど、『呪い』とやらが生じるほどの恨み妬みとなれば、どうだろうね」

「確かにな。僕も、そんな恨みを買う方法なんて、逆にわからないくらいだもんな」

「どの口が言っているんだか」

自分の人生を振り返っての僕の言葉に、しかし病院坂の言葉は冷たかった。心外ではあるが、何も藪をつついて蛇を出すことはない、ここはぐっと我慢の子である。

「その辺、作家先生は何て言ってた?」

「いや、そこまで頭が回っていなかったようだよ。だから、説得するならその線かなと思っている。呪われる理由がないのであれば、呪われない。明確だろう?」

「そりゃそうだ」

人死にだの呪いだの、穏やかでない単語が飛び交う会話もまたアフターヌーンティーにふさわしくないだろうが、しかしここは英語圏なので安心だった。どんな言葉を口にしたところで(カタカナ語以外)、周囲のお客さんやウエイターさんに通じることはないのだ。ま、たとえ日本でも、隣のテーブルの会話に聞き耳を立てている人なんか滅多にいないだろうけどな。

「不可解な自殺が続いたのは、やはり偶然。そう納得してもらうしかないだろう。どの道相手が呪いじゃ、証明のしようがないんだから」

「作家先生の犯行を証明できれば別だけどな」

「そうだけどねえ。アリバイ工作か……いっそ、様刻くんが言っていた、例の蠟人形のトリックを使ったと仮定してみようか?」

「人が口走った迂闊な冗談を引き合いに出すなよ」

やなことするなあ。

しかし僕の不満などどこ吹く風で、病院坂は言葉を続ける。いつの間にか、すっかりいつもの調子を取り戻したらしい病院坂である。

「エージェントや関係者の皆さんと打ち合わせをしていた作家先生は、実は蠟人形だったのだ。本物の先生は、実はそのとき自宅にいて、奥方に睡眠薬を飲ませて、眠ったところ、その頭をバスタブに突っ込んだ。そしてことが終われば、蠟人形は燃やして融かして処分する」

「おいおい、蠟人形はそう簡単には融けないよ。それに常温で固体だから、どうしたって証拠は残っちゃう」

病院坂の口調は冗談そのものだったので、僕も付き合いでそんな合いの手を入れる。まあこの辺はただの軽口の叩き合いだった。

「そう。氷と違ってね」

病院坂はくすくす笑いながらそう言った。完全にいつもの調子だった——人死にの話で愉快そうにするのは、やっぱり不謹慎さは否めないが、まあこの程度であれば、許される範囲内だろう。ただの思考実験だ。

「じゃあいっそ氷で人形でも作ったら——」

更に僕が言葉を重ねようとすると、

「…………」

しかし、そこで病院坂は掌を僕に突きつけるようにして、僕を無理矢理黙らせた。驚いて病院坂を見ると、彼女は愉快そうだった表情を一変させて、目を閉じて、唇を一文字に結んでいた。打って変わって、真剣な面持ちである。なんだろう、一緒になって会話を楽しんでいたくせに、今更僕だけを不謹慎だと責めるつもりだろうか、いやでもそれで病院坂の気が済むならと、またぞろ我慢の子を決め込もうと思ったら、

「そうだね。氷か」

と、病院坂はその表情のままで言った。

「ああ——わかった。わかり過ぎた」

「は？」

「様刻くん、お手柄だよ。きみのお陰で、わかり過

ぎてわからなかったことが、今ようやくわかった。なんだ、こんな単純なことか。やっぱり呪いなんて存在しない。だから——人を殺す甲斐はある」

「……何言ってんだよ、病院坂」

僕はまるで、それこそわけがわからずに、思わず探るような口調で、病院坂に訊いてしまった。シャーロック・ホームズ博物館で暴走したときも、マダム・タッソー館で暴走したときも——あるいは今に比べれば、マシだったかと思えるほどに、病院坂の底が見えなかった。

「そうだね」

病院坂はにっこりと笑って言った。その笑みが魅力的だとは、今の僕には思えない。

「では、合理的な考えに基づき、謎解きを開始しようか。ロンドン在住の推理作家、ガードル・ライアス氏を、犯人として指摘しよう」

6 観光一日目／アフターヌーンティー（午後四時～）

「勿論、様刻くんが推理したように、蠟人形ならぬ氷の人形を犯人は使ったのだというような、そんなイギリス人も驚きの結論を出すつもりはない。蠟人形を作るのと氷像を作るのと、どちらのほうが難しいかというのは議論が必要とされるところだが、しかし、世の中に氷像と本物の人間との区別がつかない人はいないだろう。身代わりに氷像を使おうなどと、そんなばかげた犯人がいるわけがない。

「いや、失敬失敬、様刻くんが冗談で言ったことくらいはわかっている——ただ、その言葉が取っ掛かり、手がかり足がかりになったのは間違いがないんだよ、様刻くん。これは僕の言ったことではあるが、蠟と氷の一番わかりやすい共通点が何かと言えば、それは温度によって『融ける』ことだろう。それ以外にはないといってもいい——しかし考えてみれば、様刻くん、それは氷と蠟にだけ共通することではない、この世に存在するすべての物質に共通することだ。すべての物体は、温度によって、固体、液体、気体の間を行き来する。

「さて、そうなると、様刻くん。氷と蠟とは、むしろその点において共通していないとも言えるんだ——だってそうだろう？　固体、液体、気体の変化を観察するにおいて、氷——水、つまりH_2Oは、極めて例外的な性質を有している。そう、中学校の理科で習ったよね。通常、物質は固体から液体に変化する際、あるいは液体から気体に変化する際——固体から気体に直接昇華する際さえ言うまでもなく、その質量は変わらないまま、体積が増大する。それが基本ルールだ——しかし、H_2Oは違う。固体から液体になるとき、つまり氷から水になるとき、その体積は逆に減少する。液体から気体になる際は、当然体積は増えるんだけどね。そんな性質を持つ物質は極めて少ない。

「勿論それくらいの知識は様刻くんも持っていただろうが、一応念のためにね。それは前提知識として、ここからが本題だ。蠟と違って、氷は常温で融ける。これは小学生でも知っているね。ならばその性質を利用しない手はない。

「いやいや、だから氷の人形なんて使わないって——この事件の中に、既に大量の水が登場しているだろう？　そう、作家先生の奥方の直接の死因であるところの、バスタブに溜められていた水だよ。

「たとえば、こんな想像をしてみよう。バスタブに溜められていた水は、当初は水ではなく氷塊だった。氷じゃ溺死も窒息死もできないよね。睡眠薬を飲ませ、深い眠りに落とした奥方を、犯人はバスタブの横に座らせて、その頭部を、バスタブに溜めた氷塊の上に横たえておいた。

「当然、そのうち氷は融けて水になる。すると奥方は溺死だか窒息死だかをするという仕掛けだ――氷が水になるまでは、それ相応の時間が掛かるからね。被害者が落命する時間を計算して――氷が融解するまでの時間の概算は、時間を掛ければ誰でもできるだろう――その時間に打ち合わせでも何でも、アリバイを作ればいいというわけだ。

「そんな顔をしなくていい、様刻くん――バスタブが氷塊で埋められていたというのはあくまでもたとえ話だよ。たとえばって言っただろう？　そこまでの量の氷となれば、そうそう融けるものではないからね。しているうちに、被害者の薬効が切れて、目を覚ましてしまう。そうなっては元も子もない、トリックも何もあったものじゃない。

「そこで先ほどの話が生きてくる――同じ重さなら、氷は水よりも体積が大きいという話だ。様刻くん、この話は果たしてどういう風に換言することができる？　もったいぶるほどのことじゃない、単純に、『氷は水に浮く』――と、そう換言することができると、僕は言いたいんだ。そうだろう？　水の密度が1ならば、同質量で水よりも体積の大きい氷の密度は、どうしたって1以下になるのだから。もっと詳しく言うと、水の比重は約1、氷の比重は約0・917だ。

「だからね、バスタブには、まず普通に水を張ればいいのだ。そしてその上に――氷の板を浮かべればいい。全部を氷にする必要はない、一部だけでいいのだ。ま、ワカサギ釣りでも想像してもらえばわかりやすいかもしれないな。氷の板といってもそう厚いものを作る必要はない、厚みは数センチで構わない。それくらいの厚さなら、しかも常温の水に浮かべておけば、融けかたもスピーディだろうからね。氷が融けたところで被害者の頭が水没するのはさっきのたとえ話と同様だが、違うのは、これなら氷が融け切るまでに被害者が目を覚ます心配はまずないということだ。

「そして氷の板が融けてしまえば、それはそれまで浮かんでいた水と同化して、証拠は残らない。常温で液体の水は、常温で固体の蠟とはわけが違うからね。

「氷が水に浮かぶからって、被害者の頭をその上に載せたら、その重みで沈むんじゃないかって？　いや、だからこそ氷の板なんだよ。スキー板がどうして雪に沈まないか知っているかい？　人間の重みを、あれだけの広い面積に分散させているからだ。単位面積あたりの重みが小さいから、沈まないんだ。氷が水に沈まない話と理屈は同じだ——つまり、人間の頭の重みを、面積の大きな板で、バスタブの水面全体に分散したんだよ。

「さて、この手段を取れば、誰にだって犯行は可能——と思うかもしれないが、しかし場所が作家先生の自宅となれば、その結論は出せない。バスタブ全体を氷塊で埋めるという計画ならまだしも、バスタブに合わせた形の氷の板を作るという犯罪上の工程は、自分の家のバスタブでもない限り、難しいだろう。よって、犯人は作家先生、つまりガードル・ライアス氏しかあり得ないというわけだ。そんな感じでQ.E.D.——いや、今日というこの日を締める言葉は、やはりこうあるべきだろう。何か質問はあるかね、ワトソンくん？」

ちょうぶんもんだい編

1　観光二日目／グレッグホテル501号室（午前九時〜）

僕（病院坂黒猫）は、渡された原稿を読み終えた。そして言った。

「まあ、その、色々指摘したいことはあるんだけれどさ……どれから言ったものか悩むくらい色々あるんだけれど、そうだね、まず愛すべき友人の名誉のために、こんな駄目出しから始めてみようかな」

目前、僕の正面で、幅の狭いベッドに腰掛けて、僕からの感想を無邪気そうに楽しみにしているらしい彼を、僕はびしっと指差す。いっそ突き刺すくらいのつもりで。

「きみ、櫃内様刻くんじゃないじゃん」

「そうですね」

頷く。

悪びれもせず。

「……きみ、串中弔士《くしなかちょうし》くんだよね」

「そうですね」

頷く。

悪びれもせず。

目前の男——いや、彼は女子の制服を着ているので、一見女の子みたいにも見えてしまうが、まごうことなく男の子である——串中弔士くん、中学一年生は、悪びれもせずに頷く。そのあまりにイノセントな笑顔に、突きつけた指を、本当に目やら口の中やら、とにかく柔らかい器官に突き刺してやりたい衝動に駆られたが、ここは年上の女子としての余裕を見せるため、ぐっとこらえる。

「……ちっちゃなセカンドバッグを片手に空港に現れたのも、家族に秘密で学校をサボってロンドンまで来たのも、入国審査をあろうことか日本語のみで通過したのも、ホテルの名前を覚えてなかったのも、シャーロック・ホームズ博物館で僕の乳首をつねったのも、マダム・タッソー館で僕に愉快なポーズを取らせて遊んだのも、ぜーんぶ、きみだよね」

「そうですね」

「どうして、己の罪をぬけぬけと他人に着せているんだい？」

しかも、僕の愛すべき、唯一と言っていい友人に。僕の精一杯の笑顔に対し、弔士くんはナチュラル笑顔を返却してくる。こうしてみると、本当に罪のない子供みたいに見えてしまう。ただし彼はあふれんばかりに全身罪にまみれているのだった——しかもその罪を僕の友人に押し付けた。

「いや、でもほら、くろね子さんも仰ってたじゃないですか。別にくろね子さんの親友であられる、櫃内さんとやらに読ませるわけじゃないんだし、くろね子さんはともかくとしても、飛行機で隣り合ったあのお坊さんと同じように、櫃内さんはぼくの人生にはまるで関係ないんですから」

「弔士くん。それはこの小説の中で、きみが僕に勝手に言わせている台詞だろう？　僕はそんな台詞を言ったことはないし、そもそも小説なんて書いたことはないし、仮に書いたとしても、知らない人を勝手に小説に登場させて、あまつさえ殺したりはしないよ。それくらいの常識は心得ている」

僕はその原稿——が表示されていた携帯電話を、弔士くんにつき返した。小説の中では僕の愛すべき友人、様刻くんは携帯電話を家に置いてきたという設定になっているが、実際に僕のロンドン旅行に同行してくれた弔士くんは、今時の子供らしく、きちんとローミングされた携帯を持ってきていたのだった。充電器についても、平形3極タイプの変圧器まで持ってきていて実に抜かりない。昨日の夜、なんだか携帯電話でぽちぽちやってると思ったら、こんなばかな小説を書いているとは思っていなかった。

「大体、どうして僕やら様刻くんやらを、語り部に設定しているんだ。別にお遊びなんだから、いちいち許可を取れとまでは言わないが、普通に自分を語り部にすればいいじゃないか。そのほうがよっぽど書きやすいだろう」

「いやあ、自分を小説に登場させるってのは、照れるものがありましてね。語り部としては勿論、旅の同行者としても。ぼくは自分を、物語における脇役未満のモブだと認識していますから。病院坂先輩やくろね子さんの、引き立て役でしかありません」

弔士くんは照れ笑いのような表情を作って、そんなことを言う。ここで弔士くんの言うところの『病院坂先輩』とは、僕の従妹である、病院坂迷路ちゃんのことだ。彼は彼女の後輩なのだ。

「今回の旅の同行者としても不適格だと思っているほどでして。だから、せめて作り事の中でだけは、ぼくではなく、話に聞くくろね子さんの親友、櫃内さんを、くろね子さんの旅に同行させてみようと思った次第でして」

「…………」

筋が通っているようでまるで筋が通っていないような、筋が通っていないようで実は筋が通っているような、そんなはぐらかすかのようなどっちつかずの論法は相変わらずだった。僕も桜桃院学園の保健室において随分と色んな人間を見てきたつもりだが、串中弔士、この子はちょっと稀有過ぎる例である。

「くろね子さんってミステリアスで魅力的ですからね。その気持ちを探ってみたいと思って、最初はくろね子さんを語り部にしてみたんですよ。でも、考えなしに飛行機の中で殺人事件を起こしたら、空港に引き返さざるを得なくなってしまいまして。それだと話が成り立たないから、実は作中作だったたって設定にしたんです。区切りが入ったので、ちょうどいいと思って、今度はくろね子さんの親友、櫃内さんになり切ってみようと思っちゃって。まあ大体、こんな感じの人なんでしょう？」

「まあまあ、確かに様刻くん本人については、的を射た描写だけれどねえ……しかし言動のベースが変態の弔士くんだから、やっぱりどこかに違和感が残るな」

「やだなあ、このぼくを変態だなんて。ぼくの女装は別に好きでやってるわけじゃないんですから」

「どう見ても、きみは好きでその女子制服を着用しているよ。まったく、よくもそれで入国審査に通ったものだ。ああそうだ、これは言っておこうと思ったんだ、様刻くんだってブラック・カードの存在くらいは知っていると思うよ」

「あ、そうですか。馬鹿じゃないんですね」

「きみは今、僕の親友のことを馬鹿と言ったのか？」

「いえいえ、馬鹿じゃないって言ったんです」

「……僕の描写については、内面も外面も、まあ及第点をあげてもいいかな」

シャーロック・ホームズ博物館でも、マダム・タッソー館でも、この小説に書かれている通りの暴走をしたことは間違いがないのだ。こんな恥ずかしいことを文章にしやがってこの野郎という気持ちはあるが、そこで怒るのも大人気ない。まったく、五つも年下の子供を相手にするのは気苦労《きぐろう》が絶えないな。ちなみに、弔士くんが（作中の様刻くんと違って）携帯電話を持っていたということは、僕のそういった醜態を激写されていたということなのだが、それについては別に構わない。あいにく、僕はその程度のことを別に弱みだとは思わないのだ。様刻くんにはもっと酷い醜態を、いくつか晒《さら》しているしね。

「ただ、いくつか、この僕、病院坂黒猫のキャラクターとしては、勘弁して欲しい点があるな——まず、この第二章の締めの台詞。『何か質問はあるかね、ワトソンくん？』はないだろう、『何か質問はあるかね、ワトソンくん？』は。僕は口が裂けてもこんなありきたりな台詞は言わない」

「え？　そうですか？　格好いいと思ったんですけれどね——憧れのくろね子さんに、ぼくの考えうる一番格好いい台詞を喋らせてみたつもりなんですけれど」

「百万円くれたら言ってあげてもいいよ」
「百万円ですか」
不満げに、口を尖らせる弔士くん。拗《す》ねた仕草が
これ以上なくよく似合う。僕に少年愛の趣味はない
が、しかしその手の趣味がある人には、たまらない
仕草だろう。女装しているわけだから、案外、男受
けもするかもしれない。
「そのあたりの感性はちゃんと中学一年生なんだ
ね、弔士くん。ま、それはただの好みの問題なのだ
が——もうひとつ。これは第一章にも第二章にも共
通することだが、僕はね、謎を解いたときに『こん
な簡単なことに気がつかなかったなんて』とか『こ
んな単純なことだったなんて』みたいな台詞を探偵
役のキャラクターが言うのは、あんまり好きじゃな
いんだ」
「そうなんですか?」
「今の今までわからなかったくせに、そんな言い方
はないだろうってことでね。ちょっと違うけれど、
推理小説を読み終えたあとに、見当もついてなかっ
た癖に『こんな平凡なトリックはないよ』とかいう
読者に似たところがある」
「似てますか。『近付くんじゃない!』と『浜村く
んじゃない?』くらい似てますかね?」
「は?」
近付くんじゃない!
浜村くんじゃない?
ああ、似てるなあ!
「……しかしまあ、弔士くん、よくこれだけの分量
の文字を、一晩で書けたものだね——そこは素直に
感心するよ。いや、一番の褒めどころはそこだね」
「執筆速度を褒められてもうれしくもなんともあり
ませんけれどね」
「僕は携帯電話を持っていないからちょっとわから
ないんだけれど、今時の中学生は、みんなこれくら
いの速度で文章を作成できるものなのかい?」
「さあ……、ぼくはむしろ遅いほうだと思いますけ

れどね。前に見たとき、ふや子さんなんか、すっげえ速度で打ってましたから。でも、ケータイ小説って、今はたくさん出てますからねえ。プロのかたも、これくらいのペースで執筆しなきゃ追いつかないんじゃないですか?」

「……弔士くん。ケータイ小説は、携帯電話で読む小説であって、必ずしも携帯電話で書く小説というわけではないんだよ?」

「え? そうなんですか?」

びっくりした、というわかりやすいリアクションを取る弔士くん——だから、どうもこの子のリアクションは、端から端まで、全部嘘っぽいんだよな。なんだろう、こういうのは。人徳というのだろうか。まったく。

「もっとも、ケータイ小説に限らず、最近の若い作家さんなんかには、携帯の画面で下書きしてから、ワープロで清書したりする人もいるらしいけれどね——入力ツールとして、携帯電話の有効さは認めざるを得ないだろうな。で、大体、弔士くん、なんでこんな小説を書いていたんだい?」

「別に理由なんかないですよ」

弔士くんは言う。この少年に一番よく似合う台詞だ。別に理由なんかないですよ。別に理由なんかないですよ。別に理由なんかないですよ。別に理由なんかないですよ。その台詞は、まるでこの少年に使われるために生まれた言葉だと言うように。

「ただ、くろね子さんの寝姿があまりに魅力的で、油断したら襲っちゃいそうでしたから。呼吸するたびに、こんな風に胸が上下するのに、むらむらしちゃって大変だったんです。気晴らしに小説でも書いてみるしかなかったんですよ。折角作家先生に会うためにロンドンまで来たんです、自分でもやってみたくなるじゃないですか」

やってみたくなるじゃないですか——それもまた、この少年に、あつらえたようによく似合う台詞だった。別に理由なんかないですよ、やってみたくなるじゃないですか。最悪のコンボだ。

「さっきから僕のことを魅力的魅力的と言ってくれるのは嬉しいけれどね――弔士くん、きみには、なんと言ったっけ、童野《どうの》黒理《くろり》さんという、真に魅力的な彼女がいるんだろう？　今、付き合ってるんじゃなかったっけ？」

「ああ」

頷く弔士くん。

「ろり先輩はただ今、人間は処女のままでどこまで淫乱になれるかという実験中です。だから基本的に手は出せません」

弔士くんは天使のような笑顔でそんなことを述べる。そう、この少年は、基本的に鬼畜のような男なのだ。迷路ちゃんもこの間、この少年のせいで酷い目にあったのである。串中弔士、この十三歳をこのまま大人にしたら大変なことになる。迷路ちゃんの従姉として、僕が正しく導いてやらなければならない。

「けど、その実験も最近飽きてきましてねー。最近はクラスの人間全員にテストで同じ点数を取らせるという遊びのほうが楽しいです」

「ど、どうやればそんなことができるんだ？」

一瞬、素になって、反射的に質問してしまった。

弔士くんはさして得意げになることもなく、「さりげなく勉強を手伝ったり、さりげなく勉強の邪魔したりするだけですよ」と答えた。

悪魔の子じゃないのか、こいつ。

迷路ちゃんどころか、あるいは僕の手にさえ、あまるかもしれなかった。

「……だったらいっそ、襲ってくれたらよかったのに。弔士くんなら、別によかったよ？」

「あ、いやいや、ごめんなさい、襲っちゃいそうになったというのは嘘です」

からかってみると、真っ赤になってあっさり前言を翻《ひるがえ》す弔士くん。このあたりの純情さは中学一年生そのものだったし、また、逆境に弱いのはお互いさまのようだった。

話を戻す。

「で、ミステリー的な話だけれど……」

僕が書いたという設定の第一章のトリックが、僕が考えたにしてはショボいという突っ込みをしたいところだったが、その突っ込みかたもまた、大人げない。ただ、第二章のトリックについては、指摘しておきたいことがあった。

「この二十一世紀に氷関係のトリックを使おうというのは、なかなか勇気があるよね、弔士くん」

「お褒めに与《あずか》り光栄です」

皮肉が通じないのか、本気で恐縮しているような表情の弔士くんだった。この辺のかみ合わなさ具合にこそ、調子が狂わされる。

「だけど、この書きかただと、氷の上に直接被害者の頭部を置いたみたいに読み取れるけれど、どうだい、そんなことをしたら凍傷にならないかい？」

「なりますかね」

「凍傷は大袈裟にしても、検死でバレると思うよ。氷に触れていたところだけ、体温はどうしたって下がってしまうだろうからね」

「ふうん」

トリックのあらを指摘されても、まるで反省するところのない弔士くん。何だか、何を言っても暖簾に腕押しという感じだ。

「だから、被害者の頭部と氷の板との間に、分厚いバスタオルでも挟んでおいた、という設定にしておくべきだろうね。氷が融けたところで、バスタオルは水を吸って、バスタブの底に沈むはずだ」

「でも、それだと証拠が残りませんか？」

「バスルームのバスタブに、バスタオルが沈んでいることが、いったい何の証拠になると言うんだい？」

融解やら気化やら、水が氷になったら体積が増えることやら、中学生の頃に習うことだと小説の中にも書かれているが、まさしく今現在中学一年生の弔士くんは、そのあたりの知識を総動員してこの小説を書いたというわけか。まあ、その辺りのひたむきさは、可愛いという他ないな。けれどやっぱり一晩で書いたというだけあって、細部が甘い。そもそもこのトリック、前提である『睡眠薬を飲ませる』という作業が、割と大変そうだという気もする。睡眠薬の入手先から、すぐに犯人が割れるだろうしな——まあ、そこまで行けば、大人気ない云々以前に、ただの野暮だ。

「しかし、様刻くんを勝手に登場させたこともそうだけど、作家先生の奥方を、勝手にこんな風に殺してしまうのは感心しないよ」

僕は言う。

「作家先生の奥方の死因はただの交通事故だと、ちゃんと教えたはずだろう」

「空想は自由ですよ。くろね子さんだって同じことをしてるじゃないですか」

「だからそれはきみが勝手に書いた小説の中での僕だろうが。ともかく、続きを書くつもりがあるなら、その辺りに気をつけることだ。今日は弔士くんが行きたがっていた、大英博物館に行くつもりだしね」

「いやあ、やっぱぱくろね子さんの言う通り、小説は読むものであって書くものじゃありませんよ」

「それも、僕は言っていない」

「あ、そっか、あとで前言撤回したんでしたっけ?」

「違う。その前言撤回した僕さえもきみが勝手に書いた僕だ。ああもう、ややこしいな。なんだか僕も、本当に第一章を自分で書いたみたいな気になってきた」

「もしも続きを書くのなら、またくろね子さん視点に戻すでしょうね——第二章も、作中作だったってことにして。櫃内さん視点で書くよりもくろね子さん視点で書くほうが楽しかったですし」

「作中作にすれば事件をまたもリセットできるからね。それ自体には納得のいく演出だが、しかし弔士くん、あくまでも自分を登場させないつもりかね」

「ええ。ぼくは黒子ですからね」

弔士くんは微笑する。僕は実際には会ったことがないのだが、そんな微笑は、どうやら彼の姉とそっくりなものであるらしい。

「けど、もうその続きを書くつもりはありません。飽きました。なんなら、続きは、本当にくろね子さんが書いてみたらどうですか？　読んでみたいものですね、くろね子さんの一人称小説」

弔士くんはベッドから立ち上がり、バスルームのほうへと向かっていく。顔でも洗うつもりなのだろう。なんだかんだで、彼は本当に、大英博物館を楽しみにしているのである。付け加えるように、「ぼくの書いた第一章や第二章と違って、トリックを考える必要がないのは、楽でいいですよね」と、彼は言った。

「なぜなら、第三章に関しては、考えるまでもなく、トリックは既に存在する。確かに、作家先生の奥方が自殺だというのはぼくの創作で、彼女の死因は本当はただの交通事故ですけれど——エージェントさんは本当に自殺していて、しかもその自殺がとても不可解なのは確かなのですから」

2 観光二日目／移動中（午前十時〜）

勿論、僕はそもそも、このロンドン旅行にあたり、最初は様刻くん――同級生の櫃内様刻くんに同行してもらおうと考えていたのだ。ひとりで来るのは無理として、最初に思いついた相棒は様刻くんだった。ただ、串中弔士くんの妄想小説の中の僕と違って、現実の僕は常識というものを弁《わきま》えている。センター試験の前だろうがセンター試験のあとだろうが、大本の大学受験前のこんな大切な時期に、大切な友人を海外旅行に誘うほど、僕の頭はおかしくない。彼は今頃、本試験に向けて一生懸命勉強中だろう。様刻くんは基本的に努力家なのだ。で、笛吹の仕切りの仕事を請け負うにあたって、折角だからこの機会を、笛吹と同じく一族の人間である病院坂迷路ちゃん、彼女が手を焼いた後輩である串中弔士くんの教育に利用すべきだと思ったのだ。弔士くんとは去年の年末――一ヵ月前くらいに初対面で、きついお灸《きゅう》を据えてやったつもりなのだが、年始に電話してみると、全然応えていない風だったので驚いた。何だこいつは、怪物じゃないのか、と、かなり面食らったものである。僕は生来のお節介、しかもお人よしなので、このままではいけないと確信した。二度と会うつもりはなかったし、二度と会いたくもなかったのだけれど、自分の性格というのは中々変えられないものだ。

串中弔士。全国的に有名な、あの上総《かずさ》園学園の一年生。十三歳。女装趣味。趣味は他人の人生に干渉すること――そしてそれを鑑賞すること。主だった特徴を挙げるならば、精々その程度なのだが（あとは天使のように純粋無垢な外見をしていることくらいだ）、しかし言葉では説明できない異常性を彼は孕《はら》んでいる。言葉で説明できないということは、つまり何も説明できないということなのだ。実際、僕がくろね子ネットワークを駆使して情報を集めた限りにおいて、彼はのっぺらぼうのような人間だった。全然その本質が見えてこない。迷路ちゃんは彼女らしいただの知的好奇心から、そんな弔士くんと仲良くなったのだろうが——自分が干渉され、鑑賞されていることも自覚しながら、仲良くなったのだろうが——そのせいで、手痛いしっぺ返しを食らっている。まあ、迷路ちゃんはスキルは高かったけれど、笛吹や僕と違って、老獪《ろうかい》さに欠けていたからな。本物を相手にするには、その辺り、まだ経験不足だった——のだろう。

「田中芳樹《たなかよしき》先生の『創竜伝《そうりゅうでん》』の、十巻くらいでしたっけね、ロンドンが舞台の話がありまして。確か、ぼくはそれで、大英博物館の存在を知ったんですよ。以来、来たくて来たくてしょうがなかったんですよねー」

タクシーの中。

ニンテンドーDSというゲーム機をいじりながら、弔士くんはそんなことを言う。あのちっちゃなセカンドバッグの中に、更にそんなものまで入れていたとは驚きだ。

「……弔士くん。そのDS、何だか変わったデザインだね」

僕の知るDSは長方形の箱、女の子が使うコンパクトのようなデザインだが、弔士くんが持っているのは、銀色で、DSというかSF的なデザインだった。

「ああ、これライトじゃない奴ですから」

弔士くんは言う。

「あはは、ライトノベルとただのノベルの違いって、DSライトと無印DSとの違いみたいなものかもしれませんね。ほら、ぼくって新しいもの好きじゃないですか。そしたらあとからあとから使いやすそうなデザインのが出ちゃって。ぼくっていつもこういう失敗をするんですよねー。先走って失敗しちやう。でもまあ、それも経験ですよね」

ちなみに、弔士くんはゲームをして遊んでいるわけではない。ＤＳのスロットに『ロンドン観光案内』というソフトを差し込んで、大英博物館についての案内を読んでいるのだ。携帯電話で小説が書けたり、ＤＳが観光マップだったり、なんだか昨今の技術の進化はものすごいものがある。

「……五年前とはすっかり様変わりしたなあ」

「五年前？　何ですか？」

「いやいや、でも確かに、きみの自作小説の中で、様刻くんに携帯電話やそのＤＳを持たせなかったのは、彼のキャラクターを明確に捉えていると言えるかもしれないね」

「お。得意技の前言撤回ですね」

「だから、それはきみの作った勝手な設定だ」

「いや、でもこれ、ぼくから見てもすごいんですよ。地図を表示させて、タッチペンで目的地までの道のりをなぞれば、その距離や、交通機関による移動時間がぱっと表示されるんです。たとえばこの現在地から、大英博物館までの距離は四キロで、タクシー……車なら、五分で着く、とか」

「便利な世の中だ。しかし弔士くん、残念ながら五分では着かないよ。言ったろう？　ロンドン市内は一方通行が多いんだ。最短距離で結んでも正しい結果は導き出せない」

「あれ？　それはぼくが勝手に小説に書いたことじゃありませんでしたっけ？」

「これは僕が教えてあげたことをきみが小説内で使っただけだ」

「あはは。だから、いつもそうなんですよね」

弔士くんは少年らしく、快活に笑う。

「ぼくはいつも、先走って失敗する」

「……しかし、様刻くんならともかく、弔士くんが大英博物館に、そこまでご執心というのは、少し意外なものがあるね。『創竜伝』なら僕も読んでいるが、確か三男の終《おわる》くんの趣味が、博物館巡りだったっけ。きみもその類かい？　だったらね、ロンドンには他にもいっぱいお勧めの博物館があるよ。ロンドンは博物館の街と言ってもいいくらいだからね」

「いえ、小説内に——櫃内さんの言葉で、書きませんでしたっけ？　ぼくが見たいのはロゼッタ・ストーンだけです。他のものには興味はありません」

「…………」

「何ですか、その顔は。教養のない子供が博物館に興味もない癖にロンドンくんだりまで来やがったと責めているんですか」

いや、別にそこまでの顔はしていない。意外と被害妄想の強い子供だった。

「けれど、本当に他のものには興味がないのかい？　どうしてロゼッタ・ストーンにそこまでこだわるんだ」

「素晴らしいじゃないですか。その一言に尽きます。歴史の授業で習ってから、生きているうちに一度は見たいと思っていたんですよね——いや、過激な意見を言わせてもらえれば、正直、大英博物館にはロゼッタ・ストーン以外は展示して欲しくないくらいです」

「本当に過激なことを言うね……」

文化的価値観とか、ないのだろうか。

「僕は同意しなかったからね。もしもあの小説の続きを書くつもりなら、そこのところ、事実に基づいて書いてくれよ」

「だから書きやしませんって。……どんな小説も、ロゼッタ・ストーンに刻まれた文字、一文字分の価値も持たないでしょうね。たとえばくろね子さんって、バイリンガルじゃないですか。日本語と英語を、どちらも使いこなせる。それは確かにすごいことだと思いますけれど——けれど、先人による翻訳作業がなければ、いくらくろね子さんでも二つの言語を操れたと思いますか？　言語と言語を繋ぐという作業は——大袈裟でなく、世界を繋ぐということです。人と人とを繋ぐということです」

期せずして、弔士くんが真面目なことを言い出した。およそ、入国審査を日本語のみでクリアした人間とは思えない言い分だったが、しかし、そんな彼だからこそ、あるいはロゼッタ・ストーンの偉大さを理解しているのかもしれない。

「英語が喋れれば世界中に友達ができる――か」

「ええ。ほら、あの辺を歩いている子供とかとも、友達になれるかも。いやー、それにしても西洋人の子供って、犯罪的に可愛いですね」

窓の外に目をやって、弔士くんはそんなことを（にやついて）言った。犯罪的なのはその表情のほうだ、と思ったが、何が彼を刺激するかわからなかったので、危ない話のときは危ない指摘をするのはやめておくことにした。

「だけど外国人って、みんな同じ顔に見えちゃいますよね。何でなんでしょう？」

「見慣れてないからだよ。昨日も言ったろう？　マダム・タッソー館の蠟人形が、あんなに本物に似て見えるのは、あれが西洋人の人形ばかりだからだと。西洋人には西洋人で、東洋人の区別がつかないそうだ。逆に言えば、普段から見慣れていれば、どんな似たものでも区別ができる。双子の見分けは、親なら容易につく」

「ひよこの雄と雌を区別する資格が存在する、みたいな話ですか？」

「全然違う」

まあ。

ロゼッタ・ストーンが見たいのは、僕も同じだったので、その点において、弔士くんと僕が対立することはないのだった。弔士くんの自作小説には書かれていないが、これまでの道中、観光コースについて若干の対立はあったからな。今日はとりあえず、気疲れしなくていい。

「エージェントさん」

「ん？」

「いや、作家先生のエージェントさんの話ですよ――自殺したって言う。奥方の交通事故は、そりゃ不幸な事故以外の何物でもないにしても――エージェントさんの自殺は、ひょっとしたら本当に『呪い』かもしれないんですよね」

「きみが小説で書いたよう、ふたりとも自殺だったなら僕も呪いを肯定したかもしれないがね――もっともその場合、『読み終えた人間は必ず死ぬ』小説ではなく、『読み終えた人間は必ず自殺する』小説、というコピーになるのだろうが。しかし、エージェントの自殺に不審な点があるのも確かだ」

「くろね子さん。ぼくは子供だからよく知らないんですけど、エージェントってどんな仕事なんですか？」

「……きみはそれを知らずに、今まで僕と会話をしていたのかい？」

「いやあ、漠然とはわかるんですけれど……編集者とは違うんですかね？」

「ま、作家のエージェントとなれば、日本では希少な存在だからね……語弊はあるかもしれないが、要はマネージャーみたいなものだ。あるいはプロデューサーかな。端的に言えば、作家が書いた原稿を出版社に売り込むのが仕事だよ」

「それで一心同体、ですか。売り込みなんて、作家が一番苦手そうな仕事ですものね」

「得意な人もいるよ」

作家先生――ガードル・ライアス氏の場合、話した限り、それほど得意というわけではなさそうだったけれど。まあそれは、僕の英語力に問題があったのかもしれないから、なんとも言えないか。様刻くん――じゃないや、弔士くんが思うほどに、僕の英語力は高くない。それは決して謙遜ではないのだ。

「じゃ、作家先生の新作を読んで、どこの出版社に売り込もうか考えている最中に、エージェントさんは自殺をしたということになりますよね。それって変ですよね？」

「大いに変だね――動機らしきものは見当たらない」

僕は言う。

「それに――作家先生の自宅で自殺したとなれば、

これは不可解としか言いようがない」

「それこそ、ぼくの書いた小説じゃありませんけれど」

　弔士くんは声を潜めた。運転手さんに日本語の会話はわからない（はずな）のだから、今更そんなことをする必要はまったくないと思うが、それはまあ、気分の問題なのだろう。

「作家先生が犯人でもない限り——ですか」

「まあ——大いにあるね」

　奥方の死はただの事故だとする。不幸な事故。偶然の事故。まあ何でもいい。しかし——それがたまたま、ガードル・ライアス氏の新作を読んだ直後のことだった。そこでガードル・ライアス氏は考える——次にこの小説を読んだ人間が、同じように直後に死ねば、鮮烈なコピーとともに、三年振りの新作を売り出すことができる——と。

「けれど、どうだろうね。新作を一番最初に読ませるような奥方の死を、そんな風に利用しようと思う——こと。そして、一心同体のエージェントを、小説のために殺す——こと。……あるかい？」

「エージェントさんを殺すかどうかはともかくとして、奥方の死を利用するくらいのバイタリティは、あってもいいんじゃないですか？」

「……まあ、いいかもしれないね」

　弔士くんらしい意見だ。そう、彼は人の死をそんな風にとらえている——死んだ人間は、あくまでも死んだ人間であり、どこまでも死んだ人間でしかない。

　不覚にも、わからない価値観じゃないけれどね。人を殺す甲斐がない——とは、それも、弔士くんの小説の中での、僕の台詞だったか。

「ああ、そうだ、弔士くん。もうひとつだけ、きみの小説について、駄目出しさせてくれ」

「え？　まだ何かあったんですか？」

「幽霊がいたら、人を殺す甲斐がないのは確かだが——しかし僕は、人を殺す甲斐など、そもそもないと考えている」

　フロントガラスの向こう側に、大英博物館が見えてきたところで——僕は言う。

「つまり、極めて限定的な条件下においては、僕は呪いや幽霊の存在を肯定するよ。人を殺すことに甲斐なんてあっては——困るからね」

僕の言葉を受けて、弔士くんはきょとんとしたように、わかったようなわからないような顔をした。

いや。

きっと彼には、わからない。

3　観光二日目／大英博物館（午前十一時〜）

大英博物館——the British Museum。世界最古にして世界最大の国立博物館、である。想像を絶するくらいの規模の博物館なので、まともに見学しようとすれば、一日や二日では済まない。下手をすれば、博物館の中で迷子になってしまうほどの巨大さである。世界中の文化遺産が一堂に会すこの場所は、言い換えれば世界中の知性が集結した場所であるとも言える。シャーロック・ホームズ博物館のときのように暴走することはないにしても、僕は息を呑まずにはいられなかった。様刻くんや弔士くんがどのように見ているか知らないが、僕は合理的な考え方ということ以上に、知性そのものを敬愛しているのだ。それは、『わからない』という言葉とは対極に位置するものだから。

全てがわかる場所。そんな場所の存在を仮定するとすれば、大英博物館は、その場所にもっとも近しい建築物のひとつだろう。まあ、よく言われているように、展示されている品々の大半は他国からの強奪品なので、当然のことながら、入場料は無料。ただ、館内のあちこちに募金箱が設置されているので、そこに心ばかりの寄付金を投げ入れることになる。入り口にあった募金箱に、僕は十ポンド紙幣を投入した。弔士くんも、大英博物館の巨大さにあてられたらしく、普段なら間違いなく小銭も入れないだろうに、財布から千円札を取り出して、寄付していた。……日本円をそのまま投入していいのかどうかは僕には判断がつかなかったが、まあいい傾向だと思って、スルーした。まあ絶大なる知性の前には、僕も弔士くんも、ただのひとりの人間でしかないということだろう。

が、弔士くんが殊勝だったのは大英博物館入館後数分のことだった——というのも、ほとんど最初の展示物が、話題のロゼッタ・ストーンだったからである。

「何でこんな出落ちみたいな配置なんだ……」

僕は絶望的に呟いた。案の定、弔士くんは、その、ガラスケースに収められた、想像していたよりは恐らく大きいだろう石板の前に、行儀悪く座り込んで、携帯電話を取り出して撮影を開始してしまった。ロゼッタ・ストーンだけでなく、色んなものを見せようと思っていたのだが、これではもう梃子《てこ》でも動くまい。僕は非力なのだ。いや、たとえそうでなくとも、こうも目をキラキラさせて、夢見るような裏のない表情で、言ってしまえば無機質な石板を見つめ続けるイノセントな少年を、この場から引き剝がすことなど僕には不可能だ。

「……弔士くん。きっときみは、ずっとここにいるつもりだよね」

「はい」

振り向きもせずに、僕にそう応える弔士くん。

「じゃあ……僕はあちこち見て、そのうちここに帰ってくるから、それまでここにいてくれるね？」

「はい」

「……弔士くんは筋肉質な中年男性が好きなんだよね？」

「はい」

「これからは人生を真面目に生きると誓うかい？」

「はい」

聞いちゃいない。

僕は諦めて、ロゼッタ・ストーンのエリアを離れることにした。ま……、あんな悪魔の子みたいな弔士くんでも夢中になれるものがあるというのは、微笑ましい話と言えば、そうなのかな。あれ？　これ、どこかで読んだような台詞だな……、ああ、シャーロック・ホームズ博物館での僕を称しての、様刻くん（正確には弔士くん）の感想か。じゃあそれもまた、お互いさまだ。ひとりで奥のエリアに進むと、そこでは彫刻やレリーフが展示されていた。首や腕が欠けているものが多い。折れやすい部位だから、時代を経るごとに破損していったのだとは思うが、しかしこうして見ると、元からその部位は存在しなかったように見えるから不思議だ。

まあ、どうしたって一日で博物館内の全ての展示品を見ることなどできるわけがないだろうから（駆け抜ければできるかもしれないが）、見たいものだけを厳選して見るべきだろう。やっぱりエジプトのミイラ関係かな。そう思って、僕は来た道を引き返して、階段を昇った。途中、寸分狂わずまったく同じ姿勢でロゼッタ・ストーンの前にしゃがみ込んだままの弔士くんが視界に入ったが、声はかけない。かけてもどうせ、聞こえやしないだろう。エジプトエリア、展示物の大半は数千年前のものだ。ロゼッタ・ストーンもそうだが、なんだかそこまでの文化遺産になると、歴史を感じるとかどうとか、そういうレベルじゃなくなってくる。感動というより、どちらかと言えば恐怖を覚えるのだ。理解できてしまう——わかってしまう。自分が世界において、とても取るに足らない存在であるということを。摘み上げることも困難なほど、微細な要素でしかないということが——わかってしまう。

確かに僕はわからないことを嫌悪する。

そして全てを理解することを望んでいる。

全てがわかる場所があれば、間違いなくそこへと向かうだろう——理不尽と不条理が排除されたその場所へ、迷うことなく向かうだろう。

この博物館に来たことが間違いだとも思わない。

しかし。

きついはきついものがあるのも、確かだった。

わかり過ぎるというのも、わからない話なのだ——それは弔士くんの創作ではなく、僕が実際に言った言葉だった。

「そう言えば、ミイラの呪いなんてのも、よく聞く話だが——」

僕は呟きながら、ロンドンに来た本来の目的を思い出す。いや、個人的な本来の目的はただの観光なのだが、しかし笛吹や、作家先生に対する義理はある。実際、こうして少なからずロンドン観光を楽しませてもらっているのだ、それ相応の恩返しはしなくてはならないだろう——たとえ犯人が、作家先生本人だったとしても。展示物をデジカメで撮影しながら（写真撮影は基本的に自由だ）、僕はガードル・ライアス氏のエージェントの自殺についての概要を思い出す。

彼はガードル・ライアス氏の自宅の、地下倉庫の中で、自らの胸をナイフで突いて、自殺した。胸をナイフで突くというその自殺法から連想して、弔士くんはあの自作小説の第一章のトリックを考えたのだろうが——とにかく、ほぼ即死だったそうだ。

地下倉庫と言っても、それはほとんど金庫のような造りだそうだ。ガードル・ライアス氏は完成した原稿、あるいは完成前のプロット、資料などを、誰の目にも触れないよう、その倉庫の中に保管していたのだという。その倉庫の中には、愛する奥方でさえ這入ることは許されなかったらしい――ガードル・ライアス氏と、エージェントのみが、その倉庫の鍵を持っていた。合鍵は絶対に存在しないと、ガードル・ライアス氏は保証したのだが。

話がそれだけなら、風変わりな自殺ということで片がつく――かもしれない。変わった場所で、変わった自殺をした。自殺の理由など、いくらでも説明がつく。世の中に死にたくならない人間などいない。ただ、風変わりなだけでなく不可解なのは――エージェント氏は、その倉庫の中で、二日間、自殺することなく生きていた形跡があるということだ。

倉庫の鍵はコンピューターで制御されていて、開け閉めは厳格に管理されているのだという。いつ開けたか、いつ閉じたか、秒単位で記録される。そして、倉庫が最後に閉められたのは、エージェントの死亡推定時刻の、およそ二日前なのだ。倉庫の鍵はオートロック。内側から開けることはできない。不注意で閉じ込められることもありそうだが、穿った見方をすれば、エージェント氏は何者かの手によって、倉庫の中に閉じ込められたのだとも言える――しかし、だとしたら、どうなる？　閉じ込めることに成功すれば、何も刃物で胸を突く必要はない――放っておけば餓死する。倉庫の密閉度次第では、窒息死もあり得るだろう。人間を密室に閉じ込めて殺すいわゆる放置殺人は、古典ミステリーでは割とありふれた方法だ。

別の場所で刺し殺した死体を、移動させて倉庫の中に放り込んだ――わけでもない。それはコンピューターの記録と矛盾するし、移動させれば、死斑やら何やら、どうしたって死体にその形跡は残る。エージェントが死亡する二日前に閉じられた倉庫が次に開けられたのは一週間後――第一発見者は、ガードル・ライアス氏だった。倉庫を開けられる人間がエージェントの他には彼しかいないのだから、これは当然と見るべきだろう。

エージェント氏の死亡推定時刻。

作家先生には――アリバイがある。

推敲を終えた新作をエージェントに渡してから、短期の旅行に出ていたそうだ。交通事故で亡くした奥方の実家を訪れていた――とか、なんとか。まあ僕も、弔士くんの小説に書かれていたようにアリバイがあるほうが怪しいなんて暴論を振りかざす気はないけれど、しかしタイミングがよ過ぎるのも事実だ。

エージェントを倉庫の中に閉じ込める。そして作家先生は家を離れる。二日後、エージェントは胸を突いて命を落とす。その五日後、作家先生は帰宅して、倉庫を開ける――どうだ？　自分で刺したか他人に刺されたかの違いは、やはりその傷口から明確に出るものだろうから、警察が自殺と言うのならば、エージェントは確かに自殺なのだろう。誰かに刺されたのだという可能性は、本来考慮しなくていい。だが、自分で刺したように、傷口を偽装することは、できなくもないのでは？　少なくともその可能性を考えないと、作家先生の行動は不可解に過ぎる。なぜなら――餓死にしたって窒息死にしたって、一週間という期間は微妙だ。倉庫はそれなりの広さだし、人間は水がなければ三日で死ぬという話もあるが、しかし逆に、飲まず食わずでも二週間は生きられるとも言う。僕が犯人だったら、一ヵ月は倉庫を開けないだろう。一週間で倉庫を開けるなら、その時点でエージェントが死んでいることが絶対条件だ――となると、作家先生は犯人ではあり得ない。ただの自殺の第一発見者だ。だけど、自殺なら、倉庫に這入ってすぐに自殺すればいい――まさか自殺を思い切るまでに、二日もかかったということはないだろう。大体そのエージェントは、倉庫の合鍵はともかく、家の合鍵まで持っていたのかな？　そうでないのなら、やっぱり彼を倉庫に閉じ込めたのは、作家先生ということになるのだが。

「エージェントを倉庫に閉じ込めて、数百キロ離れた奥方の実家から、倉庫の扉を開けないままに、閉じ込めたエージェントを自殺に見える傷口を偽装して刺し殺した——はは。できるか、そんなこと」

考えながら歩いていると、いつの間にか、ローマ帝国のエリアにまで来ていた。雄大な時の流れの前で、僕はいったい何を考えているんだろうという気にもなるが、ぐっとこらえて、僕は思考を続ける。

わからないというより、ただ単に支離滅裂な感じだ。どうしたって、元の情報が間違っているとしか思えない。

せめて二日間の空白さえなければなあ。

もうちょっと、わかりそうなものなのだけれど。

わからないことがあると死にたくなるという困った性癖が僕にはあるが、しかしそこに至るほどの不明ではないというのが、むしろ苛々する。いっそ清々《すがすが》しいほどの不明なら、逆に死んでもいいと思えるのだけど。目前にあった階段を降りると、またロゼッタ・ストーンのところに戻ってきてしまった。

この建物は、全ての道がロゼッタ・ストーンに通じているのだろうか。相変わらず、弔士くんはそこでしゃがみ込んでいた。見物客の皆さんは、そろそろ彼のことも、紀元前に制作された彫像だと思い始めているかもしれなかった。題して『天使を模した悪魔の子』。携帯電話というオーパーツを掲げているのが、ちょっと片手落ちだけれど。

「弔士くん。そろそろ出ようか」

「待ってください。今動画を撮ってるところなんです」

「動かないものの動画を撮ってどうするんだ……」

「黙ってください。声が入るじゃないですか」

そんな感じで。

どうやら僕はあと数時間ほど、大英博物館を楽しむことができそうだった。少なくとも、弔士くんの携帯電話のバッテリーが上がるまでの間は。そんなところまで、今風だ。

4 観光二日目／ロンドン・アイ（午後二時〜）

ロンドン・ダンジョンには諸般の事情で断じて行かないが、しかし既にチケットを購入しているもうひとつのスポット、ロンドン・アイには行っておくべきだろう。スケジュール的にロンドン市内全土を回ることはできなくとも、そのロンドン市内全貌を一望しておくことは、僕や弔士くんの今後の人生にとって有益だという判断だ。

正式にはブリティッシュ・エアウェイズ・ロンドン・アイという。一周するのに三十分もかかるような巨大観覧車である。頂点は何と百三十五メートルにも達する。ヒストリックな、古色蒼然たる街並みの中に近代的というよりは未来的なデザインの観覧車がある図には、正直言って違和感さえ覚えるが（多分、地元の住人には、京都における京都タワー、あるいは京都駅のような扱いを受けているのではないかと、勝手に想像した）、しかしそれだけに、強烈に興味の惹かれる観光スポットだった。ベイカー街ではついぞ見かけなかった日本人観光客を、大英博物館や、ここにおいては、ちらほらと見かける。荷物検査と金属検査を受けたのちに（観覧車に乗るのにどうしてここまで厳重な検査があるのか首を傾げたが、それは極東の島国における平和な考え方という奴なのだろう）、楕円状のカプセルみたいな形のブロックに乗り込む。たまたまタイミングがよかったらしく、十人以上乗れそうなブロックに、弔士くんとふたりきりで乗ることができた。

「本をたくさん読むべきだっていうじゃないですか」

弔士くんは、眼下に広がるテムズ川を眺めながら、何の気ない風に、僕に言ってくる。

「親もそう言うし、学校の先生もそう言うじゃないですか——なるべくたくさんの本を読みなさいって。けど、ぼくはそれ、どうかと思うんですよ——むしろ本は、なるべく読まないほうがいい。換言すれば、厳選して読むべきだと思います」

「どういう意味だい？　興味深い意見だね」

三百六十度、パノラマでロンドンを見渡せる観覧車だ。弔士くんとは反対側の風景を眺めながら、合いの手を入れる。

「僕はこれまで確実に一万冊以上の本を読んでいるが——読むことがマイナスになった本など一冊もないと、そう保証できるよ」

「一万冊ですか。すごいですね」

感心した風の弔士くん。まあ、保健室登校児は暇なのだ。

「でもね——ぼくは本を読むという行為は、自身の価値観を改造する行為だと思っているんです。本には作者がいる。作者の価値観が本の中身には反映されている。つまり、本を読むとは他人の価値観を自分の中に取り込む行為なんです」

「ふむ」

だとすると、今、僕の中には、一万冊以上の『他人の価値観』が詰め込まれているわけか。それは中々面白い考え方だ。

「そうなると、本を読めば読むほど、色んな価値観が混じり合ってしまう。混じり合えば——当然、価値観は濁ります」

「本を読めば、価値観が濁る——斬新だね。で、それが、知識の宝庫——価値観の宝庫、大英博物館を訪れて、本当にロゼッタ・ストーン以外のものを見なかった言い訳になるとでも？」

「なるでしょう。十分に」

相変わらず、悪びれもしない弔士くんだった。率直に言わせてもらえれば、彼の価値観はもう少し濁ったほうがいいと思うのだけれど、そんなことを言っても、イノセントな表情をリターンエースで決められるだけだろう。まあその辺は中学生らしくごちやごちゃ理由をつけてはいるが、つまり、他の展示物を見て、ロゼッタ・ストーンの印象が薄れるのが嫌だったというだけのことに違いない。濁るのは、価値観ではなく感動なのだ。

とは言っても、その考え方が斬新だと思ったのも本当だった。他人の価値観――それを更に換言すれば、他人の気持ち、ということになるはずだ。他人の気持ち、人の気持ちと言えば、僕が一番わからないものの正体だ。僕が一番嫌悪するものの対象だ。本を読むことで、僕はそれを理解しているのかもしれない――だからこそ、僕は日常的に、特に当たり前のように、読書をしているのかもしれない。地球の裏側で、今も真面目に受験勉強に勤《いそ》しんでいるだろう（あるいは妹さんを可愛がることに夢中になっているだろう）様刻くんもまた、面白くないだとか売れ線だとか色々文句をつけながら、昔から読書を趣味としてやまないのは、そういう理由がある――のかも、しれない。

ふむ。

今度ゆっくり、考察してみよう。

「ま、弔士くん、きみがそれでいいのなら、それでいいさ。それよりも雄大な景色を楽しみたまえ。チケットをまとめ買いしたからいくらか割安になっているが、この観覧車、一周に十三ポンド五十ペンスもかかるんだ。信じられるかい？」

「僕は十三歳だから、その半額でしょう」

「ああそうだっけ」

まあ、ロンドン・ダンジョンに行かなかったから、結果としては割安どころか割高になってしまったのだけれど。

「でもまあ、確かに雄大ですね。日本とは全然風景が違いますね。あれが――ロンドン塔ですか？」

弔士くんは、テムズ川を挟んだ向こう側に見える、時計塔を指さした。

「あれはビッグ・ベンだよ」

「あ、そうなんですか。じゃあロンドン塔ってのは……、それらしきタワーは見当たりませんけれど、この高さでも見えないもんなんですかね」

「…………」

この子はどうやら、ロンドン塔を塔だと思ってい るらしい。いや、元々はタワーだったそうだが、今はロンドン有数の城砦であることを、誰にも聞いたことがないのだろうか。うわ、教えたくない……勘違いしたままにしておきたい。しかし僕は教育熱心なお姉さんだったので、教えてしまった。

「マジすか」

ストレートなリアクションだった。決してこの可愛らしさに騙されてはならない。

「ほら、反対側。あそこにタワー・ブリッジが見えるだろう？　あの、それこそ二本の塔みたいな建物だ。その向こう側がロンドン塔だよ」

「あれがタワー・ブリッジですか。へー。キン肉マンを思い出しますね」

「うん？　どうしてだい？」

「え。くろね子さん、まさかロビンマスクの必殺技を知らないんですか？」

これまでどんな風に人生を歩んできたらロビンマスクの必殺技を知らずにいられるんだみたいな、露骨に白い視線を送ってくる弔士くん。

いや、女子は知らんよ。

「タワー・ブリッジはともかく、ロンドン塔と言えば夏目《なつめ》漱石《そうせき》の小説だね。読んでいるかい？　弔士くん」

「『倫敦塔』ですか？　生憎不勉強でして――ああでも、確か夏目漱石って、イギリスに留学してるんじゃありませんでしたっけ？」

「そうだよ。よく知っているね――お札の顔じゃなくなって以来、夏目漱石の知名度は一気に下降しているらしいけれど」

「知名度って聞くと、なんだかエッチなメイドさんみたいでどきどきしますよね」

「前々から思っていたけれど、きみは中学生にしては趣味がマニアックだよね。この国はメイドが割と一般的だから、日本の幻想的な感覚でそれを捉えないほうがいいと、忠告だけはしておこう。……そう言えば、ビッグ・ベンの時計はかなり正確だと言うよ。ほとんど狂わないんだってさ。十五分に一回、鐘を鳴らしてロンドンに時を告げる。で――その向こうの建物が国会議事堂。いわゆるウエストミンスター宮殿、だね。もう少し高くまでいかないとわからないかな、その更に向こうには、ウエストミンスター寺院だよ」

「しっかし、当たり前ですけれど、この国、街のあちこちに教会があるんですね。つい、セーブしちゃいたくなりますよ」

「気持ちはわかるが、何でもゲームに模して考えるのはよくないよ、弔士くん」

「あ。ドラクエくらいは知ってますか」

「それくらいはね」

詳しいわけではないけれど。

「中を見学することもできるはずだけれど、行ってみるかい？　何時までやってるのかな……ああいう施設は、浮世離れしているだけあって常識外れの早仕舞いをすることがあるからね」

「DSで調べましょうか？」

「んー……」

ゲームのたとえ話をたしなめたところだから、僕が観光ブックで調べるべきなのかもしれないけれど、合理的に考えれば、DSで調べてもらったほうが早そうだ。

「じゃ、お願いするよ」

「あいあい」

素早く動く弔士くん。

「午後七時までやってますね。入場料は十ポンドです。ぼくは子供料金で七ポンド……あ、もしくろね子さんが国際学生証を持っているならくろね子さんも七ポンドですね」

いよいよ観覧車が最頂点に達した。地上百三十五メートル。改めて考えてみれば、すごい視点だ。こんな視点で見られることを想定して作られた街でもないだろうに、まるでこの視点で見るために作られたかのような風景だった。

「昨日から思ってたんですけれど、ああいう名所で、建物自体をフィーチャーしたおまんじゅうとか携帯ストラップとか、売ってませんよね。何ででしょう？」

「そりゃ、文化が違うだけのことだよ」

「ビジネスチャンスを感じます。国会議事堂まんじゅうとか言って……しかしくろね子さん、あれが国会議事堂っていうのはすごいですよね。日本で言えば、姫路城《ひめじじょう》を国会議事堂として使っているみたいなものでしょう？」

「そのたとえにはびっくりさせられるな……」

やはりこの子は発想がおかしい。なんであの立派な建物を見て、そんなことを思えるのだろうか。いったいどんな育ちかたをすれば、こんな価値観を持つ人間が、しかも十三歳で、できあがってしまうのだろう。一度この子のご両親と、お話をしてみたいものだ。

「……そうだ。そんな弔士くんなら、あるいは別角度からの発想というものを持っているかもしれないな」

「は？」

「いや、作家先生のエージェントの不可解な自殺について、何か意見があるのなら聞いてみようと思ってさ」

「意見も何も」

僕の、やや投げやりな質問に、弔士くんは、それが当たり前みたいな感じの、軽い口調で答えたのだった。

「くろね子さん、ひょっとしてまだ答がわかってなかったんですか？」

5 観光二日目／ロンドン・アイ（午後二時十五分～）

「いや、別に壮大なトリックとかが使われたわけじゃないから、こんなことで謎が解けたなんて、そんな大仰な台詞を言うつもりはありませんけれど――どうでしょう、くろね子さんがどんな愉快なポーズを取ってくれたら、ぼくがそれを喋る気になるかって話ですよね、これは。

「え？　なに？　さっさと喋らないとろり先輩の処女を奪う？　あ、ちょっと待ってちょっと待って、多分くろね子さんなら割と簡単に奪えちゃいますからちょっと待って。言います言います。だけどこれ、ただのぼくの想像ですよ？　こういう考え方もできるってだけで、被害者が単なる自殺だったって考え方と、確かさや期待値という点においては、なんら変わるところがないんですから。

「結論から言えば、その件は被害者の自殺ですよ。そのほかに考えようがありません。ただし、単なる自殺――ではありませんけれどね。

「どこが不可解なのかと物語を整理していけば、結局、倉庫の扉が閉められてから、被害者が命を落とすまでに、二日のタイムラグがあるという点でしょうね。自殺場所に倉庫を選んだのなら、扉を閉めて直後に自殺すればいい――なのになぜそうしなかったのか。そこに、第三者の意図が嚙んでいるような気がしなくもない――点が、問題なんですよね。

「しかし、第三者の意図が嚙んでいるとすれば、その場合、わざわざ刃物で胸を突く必要はどこにもありません。閉じ込めることにさえ成功すれば、エージェントさんはもう死んだも同然なんですから。餓死でも窒息死でも。

「ただまあ――現実問題、第三者の意図が嚙んでいるとすれば、作家先生が犯人だとしか考えられません。犯行現場が作家先生の自宅である以上——被害者を除けば作家先生しか開けられない扉である以上、そして第一発見者が作家先生である以上。だから第二者というのが正しいのかもしれませんけれど。

「とは言え、そうなると、一週間で旅先から帰ってくるというのは、いくらなんでも早過ぎますよね。餓死にも窒息死にも、微妙に時間が足りない気がします。絶対に倉庫の中でエージェントさんが死んでいるという確信でもない限り——倉庫の扉は開けられませんよね。まあ、ここまではくろね子さんも恐らくはお考えになった通りです。合理的な考えに基づく、論理的思考——ですよね。

「しかしくろね子さん、ぼくに言わせればね、人の気持ちは合理的ではなく、論理的ではなく、しかも考えでもなければ思考でさえありません。はっきり言って、サイコロみたいなもんですよ——確率的に1から6までどう転ぶかわからない、けれど0や7は絶対に出ない、そういう無機質な立方体です。

「裏を返せば——確率的に、出目を予想できます。

「相手の気持ちになるのが苦手なくろね子さんには酷な要求かもしれませんが、ちょっと想像してみてください——エージェントさんの気持ちになってください。仮にエージェントさんは、まったく自殺するつもりがなかったとします。秘密裏の打ち合わせがあるとかなんとか言われて、作家先生の自宅に呼び出され、隙をつかれて倉庫に閉じ込められた——とします。果たして、どんな気持ちになるでしょうね?

「まず、事故だと思うでしょう。一心同体のパートナーから、倉庫に閉じ込められるような仕打ちを受けるわけがない。そんな心当たりはまったくない。間違って扉を閉めてしまったんだ。自分がいなくなったことくらいすぐ気付く。だからすぐに扉を開けてくれると思うはずです。

「しかし、扉が開く気配はありません。次はどう思いますか? そりゃ、悪戯だと思うでしょうね。作家先生の気まぐれで、こんな嫌がらせのような真似をされているのだと、肩を竦めることでしょう。『冗談はよせよ』なんて、内側から扉を叩いたりするかもしれません。

「けれどそれでも扉が開く気配はない。ならば、思い直すでしょうね。やっぱり事故なんだ、と。鍵が壊れたか、コンピューターの故障か何かで、扉が開かなくなってしまった、と。これは長期戦になりそうだぞ——と思うでしょう。

「揺れ動く心は、まるでサイコロのように回転しますが——その中軸にあるのは、つまり作家先生に対する信頼です。

「端的に言って——この信頼こそが、二日間のタイムラグの正体ですよ。

「直接的な手段を取らない、いわゆる放置殺人の肝は被害者に考察時間を与えるという点にあるとぼくは考えます。

「ミステリー小説を読んでいると、ぼくなんかでも不思議に思うことがありましてね。探偵役は主に、加害者、つまり犯人の気持ちばかりを推理するんですよね。どうしてもっと被害者の気持ちになってあげられないのか——ぼくは不思議でなりません。

「倉庫の中で二日も考え続ければ、被害者も気付くでしょう——自分が今まさに、殺されようとしていることに。はい、ここで信頼が絶望に反転します。で、まったく自殺するつもりのなかったエージェントさんが、ここで初めて、自殺したくなってしまうわけです。

「退屈は人を殺さない、絶望は人を殺す。死に至る病とは絶望のことである——って言いますしね。信頼が強ければ強いほど、絶望の重さは増します。くろね子さんは、人の気持ちがわからないことで死にたくなってしまうそうですが、この場合の被害者は、人の気持ちがわかってしまったことで、死にたくなってしまったのです。

「そして——あらかじめ、恐らくは作家先生が故意に、倉庫の中に置いておいたのであろうナイフが目につきます。

「エージェントさんは、衝動的に——自殺する。そこには一分のタイムラグもありません。

「で、この計画の面白いところはですね——失礼、面白いというのは失言でした。ただ、うまいな、と思うのは、旅先から戻ってきて、倉庫の扉を開けたとき、もしもエージェントさんが自殺しておらず、なおかつ餓死も窒息死もしていなかった場合——そこに罪は生まれないんですよ。殺人未遂にならないんです。何故なら、信頼が反転し、絶望して自殺しなかったということは——その時点で未だ、エージェントさんは作家先生を信頼しているということだからです。つまり、事故——殺意はそこに認定されません。作家先生がエージェントさんに深く謝罪して、おしまいでしょう。プライベートな問題で済んでしまうのです。

「被害者が葛藤している間にゆっくりアリバイ作り。これはまあ、合理的と言えば合理的なんですかね？

「絶望して死んでくれたら満点。確実にアリバイが成立します。餓死や窒息死で、及第点。放置殺人ですから、基本的にアリバイが成立しません——ただし、相手を殺すという目的だけは果たせます。死ななかったら落第点——しかし、その場合は追試が可能です。その意味じゃ、及第点より落第点のほうがいいのかもしれませんね。

「仲がいいというのは殺人の動機になりうる——とは、ぼくの持論なのですが、それに続く第二条を作るなら、仲のいい相手は殺しやすい——といったところでしょうか。信頼は殺人の道具としておよそ適当ですから。

「作家先生の動機は、勿論、新作の小説を衝撃的に売り出すため——奥方の交通事故死とエージェントさんの死をうまく絡めて、『読み終えた人間は必ず死ぬ』というコピーを帯に巻くため、ということになりますね。でもこの場合、奥方もエージェントさんも、本当は読んでなくてもいいかもしれませんね？　死人に口なし、気持ちなし——作家先生本人が読ませたと言い張れば、それで通ってしまう話ですから。しかしそうだとすれば、エージェントさんは、作家先生に殺される理由が本当にわからなかったでしょうね？　だとすればその絶望の重みは、如何ほどのものだったか。

「心中、お察し申し上げます。

「ん？　ああ、もうすぐ、観覧車が一周しますね——ぼく、観覧車の後半ってのが、どうも緩慢に感じられてならないんですよね。前半はこの速度でいいんですけれど、頂点を過ぎたあとはスピードアップしてくれないもんですかね——そんなこと構造的に不可能ですって？　あはは、そりゃそうです。あれ？　くろね子さん、どうしたんですか？　顔色が悪いですね。酔ったんですか？

「なんだか、気持ち悪そうですけれど」

/ ろんぶんもんだい 編

病院坂

1　観光二日目／グレッグホテル501号室（午後十一時〜）

　僕（櫃内様刻）は渡された原稿を読み終えた。そして言った。

「……串中弔士って、誰？」

「うん？　そこに書いてあるだろう？」

　バスタオルで濡れた髪を拭きながら、にやにやとしたまま、病院坂は言う。

「従妹の病院坂迷路ちゃんの後輩だよ。中学一年生、十三歳」

「きみ、本当にこんな奴と友達なの？　悪魔の子どころか、悪魔の親みたいな中学生だな……読んでて本当に気持ち悪いよ、こいつ。きみの創作上のキャラクターじゃないのか？」

「その通り、彼はアニメオリジナルキャラだ……と言ってあげたいものだけれど、ところが実在の人物なのだ。悪意はあっても犯意がなく、殺意はあっても決意がない——小説中でも書いたけどね」

　ある程度水分が取れたところで、病院坂は、ホテルの部屋にあった唯一の備え付けと言っていい、ドライヤーを使い始めた。その風音がうるさいからか、それとも別の理由からか、次の言葉を、やや大きな声で口にした。

「あの子は化け物だよ。二度と会いたくない」

「…………」

「作中では、年始に電話をしたという設定にしたけれどね、本当は年末に会って以来、連絡を取っていない。あのときはぎりぎり勝ち逃げできたが、次はああはいかないだろう——いや、勝ち逃げというより、勝った振りをして逃げてきたというほうが正確だろうね。お姉さんが教導してあげようなんて思い上がったことを言っていたら、僕だって取り込まれないとは限らない。檻《おり》に囲われた猛獣に、自ら近付くほど僕は命知らずじゃないよ」

「ふうん……」

昨年末、病院坂に頼まれて、深夜バスのチケットを手配したことがあったけれど、どうやらその絡みの話らしい。こいつも引きこもりかつ人見知りのくせに、意外とフットワーク軽いんだよな。

「まあ、それはともかくだ。病院坂。どうして僕を、その弔士くんとやらに置き換えたんだ？」

「もしもロンドンまで一緒に来たのが様刻くんでなかったら——という、イフ小説だよ。作中で弔士くんが、自分のことを様刻くんと置き換えて小説を書いていたように、僕は様刻くんを弔士くんに置き換えて書いてみたんだ」

「その弔士くんの行為もきみが書いたものだろうが——ていうかややこしいことするなよ！　いよいよわけがわからなくなってきたぞ、この小説」

僕はノートを、病院坂に突き返した。

「人がバスルームで疲れを取っている間に、よくこれだけの与太が書けたもんだ」

「与太は酷いねえ。それでも友達かい？」

「友達の存在を小説的に抹消した奴に言われたかねえよ……見てろよ。第四章では、僕はきみを夜月に置き換えて書いてやるからな」

「そうしたければ別にすればいいけれど、その場合きみ達はいったい何を目的に、誰のお金でロンドンまで来るんだい？」

それはまあ、そうだった。病院坂のパートナーは誰でもいいが、僕のパートナーは病院坂しかあり得ないのだ。このリレー小説は、僕の立場が圧倒的に不利だった。

「きみの茶目っ気の所為《せい》でちょっと混乱しちゃったから、何が本当で何が嘘なのか、いっぺん整理しようぜ。この現実さえ、薄氷の上を歩んでいるような気になってきた。実はこの会話さえただの小説で、僕達はそもそもロンドンまで来ていなくて、本当は病院坂、きみの根城である保健室の中で、その創作小説を僕が読んでいるのかもしれないと思えてくる」

「そりゃ重症だね」

「いや、多分、その小説」

僕は突き返したノートを指差して、言う。

「そういうメタな、結局は何も起きていない的な落ちで終わる気がするよ。そんな風にまとめるしか手がないように思う」

「あはは。まあ、最終章をきみと僕、どちらが担当することになるかはわからないけれど、そこは担当者の手腕に期待するしかないだろうね。ただ、とりあえず現時点で、嘘と本当をはっきり明確にしておくというのはいい考えだ」

「よし」

僕は頷く。

「きみは病院坂黒猫だ」

「うん」

「僕は櫃内様刻だ」

「そうだね」

「このたびの旅行はきみの遠い親戚の仕切りで、僕は同行者としてついてきた。作家先生——ガードル・ライアス氏がきみの親戚に持ちかけた相談は、三年振りの新作が『呪いの小説』で、『読み終えた人間は必ず死ぬ』ものに仕上がってしまったから、その真相を調べて欲しいというものだ」

「あってる」

「新作を読んで死んだ人間はふたり——ひとりは作家先生の奥方、ひとりは作家先生のエージェント」

「その通り」

「ただし」

読んだ小説の内容を、咀嚼《そしゃく》するように思い出しながら——僕は言う。

「奥方は自殺ではなく交通事故死だし、エージェントもまた、自殺ではなく——病死」

心臓発作。

奥方の死同様、事件性のない——死にかただった。

「まあ僕がちっちゃなセカンドバッグでやってきたとか、ぺらっぺらのコートを着ていたとか、きみにセクハラをしたとか、そういう細かい点まで確認をしていたら話が終わらないから、あとは省略するとして」

「そうだね――今様刻くんが例にあげたことは全部現実に起こったことだけれどね。ちなみにロゼッタ・ストーンの前から動かなかったエピソードやロンドン塔とビッグ・ベンを間違えたエピソードは、弔士くんのものではなくきみのものだ」

もっともきみは携帯電話もDSも持ってきちゃいないから、その辺りの挿話は僕の創作だけどね、と病院坂は笑った。嫌な『ちなみに』だった。いや、普通、塔って名前がついていたら塔だと思うだろうよ。

「そして僕のシャーロック・ホームズ博物館やマダム・タッソー館での振る舞いは、大袈裟に書かれている」

「それは弔士くんに言えよ」

「違う。あのパート、及び第一章を弔士くんが書いたというのは僕の創作であって、第一章の作者が僕、第二章の作者が様刻くん、そして第三章の作者が僕と言うのが正しい順番だ」

「……けど、第三章で、きみは自分に『極めて限定的な条件下において幽霊を肯定する』なんて喋らせてるけど、前にきみは幽霊なんて絶対に信じないと言っていたじゃないか。だから僕は、第二章で、それをアレンジした台詞を言わせたんだぜ？」

「その辺はまあ創作上の演出だよ。僕だって人間だ。嘘くらいつくさ」

「そのお陰で更にわけがわからなくなったって言ってんだよ。まあ……」

議論すればするほど深みに嵌《はま》っていく感じだった。底なし沼でもがいているような気分だ。いや、海で、海藻に足を取られたような気分だと言ったほうがより正確か。

「どの道、不謹慎な遊びではあるよな。僕もきみも、実際は交通事故死や病死の人間、それにたまたま同席したお坊さんとかを、殺人事件の被害者に祭り上げちゃってるんだから」

「いいじゃないか、別に。少なくとも、現実よりも、僕達の創作のほうがずっと面白い」

飛行機の中で似たような話になったときと同様、悪びれもしない病院坂だった。その発想は件の弔士くんとあんまり変わらないと思うけれど、今となっては（病院坂の口車に乗って第二章を書いてしまった）僕も共犯者なので、指摘しづらい。

「でも、作家先生、これを読んだら怒るんじゃないか？」

「大丈夫。日本語だから読めないよ」

「はあん。ま、そりゃそうだ」

「結局さ」

続けて病院坂は、今度はうんざりしたような口調で言った。

「神経質な作家先生が、偶然、身近な人間がふたり続けて命を落としたことと、自分の三年ぶりの新作とを、関連付けてしまったというだけの話なんだよね。作家というのは思い込みの激しい人間ばかりだから、こうと決めてしまえば絶対に意見を翻さない。相談を持ちかけておいて、自分の考えを通すことしか考えちゃいないんだから困ったものだよ。笛吹もとんでもない貧乏くじを僕に回してくれたもんだ。あの道楽者、面倒臭くなって僕に丸投げしたに違いない。こうなると、そもそも笛吹と作家先生が友人同士だという設定も怪しいな。小説上の嘘かもしれない」

「真剣に現実を疑い始めてどうするんだよ……」

「しかしその友情に疑問があるのも事実なのだよ。メールでやり取りしているだけで、実際に会ったことはないというし」

「実際に会わなくとも友達になれるのが現代なんだろ。むしろ時代遅れなのは僕達のほうだ。まあ、その笛吹って人と、神経質で思い込みの激しい作家先生のお陰で、ロンドンまで来られたんだ。それでよしとしようぜ」

「そうだね……まあ、現実の旅行先はロンドンじゃなくて本当はパリなんだけどね」

「だから混乱させるようなことを言うな！」

どきっとするよな。

嘘だとはわかっていても、どきっとする。

「でも、病院坂……そのリレー小説、次の章は僕が書く番だけどさ……夜月を登場させることはないにしても、僕は弔士くんを直接には知らないから、きみのパートナーは僕に戻すけれど、それはいいんだよな？」

「いいよ。好きにしたまえ。所詮遊びだ」

「遊びねえ——そりゃ悪趣味な遊びだけどな。でも、考えてみたら、この続きってもう書くことがないぞ。奥方の死も、エージェントの死も、もう作品素材として使っちゃったんだから。僕にはもう執筆すべき事件がねえよ」

「あるじゃないか——様刻くんは『呪いの小説』は実は真実だったという設定で、そのミステリーを解決すればいい」

「一番難しいところを僕に投げるなよ。それじゃ、きみも笛吹って人と同じじゃないか」

「丸投げの構造は病院坂一族のお家芸でね」

「でも、小説はともかく、病院坂、現実のほうはどうするんだ？　丸投げされたとは言え、作家先生の思い込みを、放っておくわけにはいかないだろう。僕達、明後日には日本に帰らなくちゃいけないんだぜ？」

「安心したまえ。心配をかけるといけないと思って黙っていたが、実はもう手を打っている」

「え？」

「二日前の晩、作家先生に中華料理をご馳走になったとき、僕が彼から紙の束を受け取っていたのを覚えているかい？」

病院坂に言われて、僕は思い出す。そう言えば、確かそんなことがあった。必要ないと思って、小説の第二章には、そんなことを書いてはいないけれど——というか、作家先生との会食自体、僕が英語を解さないという理由で、大胆に省略した記述になっちゃったからな。

「でも、あれ、事件の資料か何かだろ？　奥方の交通事故についてとか、エージェントの心臓発作についてとかの詳細が――」

「それにしては分厚いとは思わなかったかな？」

「ん……」

まあ――分厚かった。枚数にして、百枚以上ありそうだった。その場では、確かに気になりはしたのだ。作家先生のことについては病院坂の私用なのだから、どうせ僕には関係がないことだと思って、すぐに忘れてしまったけれど。

「その辺りがシンプルだというのだよ、きみは」

呆れたように病院坂は僕を見て、しかしその先に、思いも寄らないようなとんでもない発言を続けたのだった。

「様刻くん。あれはね、作家先生の三年ぶりの新作をプリントアウトしたものだよ。タイトルはいまだについていなかったので、仮に『呪いの小説』と言っておこうか」

「……はあ？」

「日本を発つ前に、笛吹を通じて、持ってきてくれるよう頼んでおいたんだ。様刻くん、作家先生の思い込みを崩すのに、一番手っ取り早い方法があるだろう？　そう――その小説を読み終えた人間が死ななければいいんだ」

一例でも例外があれば呪いの法則は否定される――と、病院坂は、特に思い入れもなさそうな口調で言ったのだった。

「ま、まさか病院坂――」

「うん。この二日間、様刻くんの隙をついて『呪いの小説』を読んでいたんだ。つい先ほど、読み終えたところだ」

「…………！」

「そこそこ面白かった」

それはあまりに暢気な感想だった。驚きのあまり、僕の口からは碌《ろく》な言葉も出てこない。こいつ、僕が風呂に入っている間に、小説を書いていただけでなく、小説を読んでも——いたのか。

「おいおい、なんて顔だい、様刻くん——呪いを信じていないという点においては、僕もきみも同じだろう。ならばこれが一番手っ取り早い」

「の——呪いが本当だったらどうするんだ？　万が一、呪いが本当だったらどうするんだ」

「はっ」

ようやく出た僕の言葉に、病院坂が返したのは、これ以上ないほどの冷笑だった。

「ないから呪い、いないから幽霊というのだよ。奥方の死もエージェントの死も、偶発的な出来事であることは証明のしようがないし、しかし証明のしようがないということは、証明する必要がないということだ」

「でも——偶発的な死を呼び起こすような呪いだったとしたら」

「いつの間に呪い肯定派になったんだよ、様刻くん。困ったものだね——僕は大声で襲ってくる人間以外は怖くないよ。考えてもみたまえ、小説を一本読むだけで、ひとり頭何十万円もかかるような旅行を楽しめたのだぞ？　こんな割のいい話はない」

「じゃあ——せめて、僕にも読ませろよ、その小説。きみにだけ危ない橋を渡らせられるか」

「危ない橋じゃないって、むしろタワー・ブリッジだ。安全安全。それにこの小説、全文英語だよ？　きみには読めない。どうしてもというなら止める理由はないが、一晩やそこらで読める量じゃないと思うな」

「…………」

ぐうの音も出ないとはこのことだ。こいつは本当、気がついたら全部終わらせてるんだよな——小説を読むにしろ小説を書くにしろ。勿論、僕も呪いなんて信じちゃいないけれど——病院坂黒猫は簡単に一線を越えてしまう。ある意味、僕よりも病院坂のほうがよっぽどシンプルだった。

不気味なものには近付かない。

素朴なものは無視をする。

それがまともな人間の生き方だろうに。

「さあさ！　様刻くん、そろそろ床に就こうではないか。明日はバッキンガム宮殿の衛兵の交代を見る予定なのだから、早起きしなくちゃいけないんだから。ようやく僕の体内時計もロンドンの時刻にアジャストされてきたんだからさ。それに、そのほかにも、明日は様刻くんにサプライズを用意してあるから、楽しみにしておいてくれたまえ。まあどうしても、様刻くんは呪いが怖くて眠れないというのであれば、添い寝してあげてもいいんだよ？」

病院坂はとても明るい笑顔でそう言った。そんなものを見せられても、しかし僕の気分はまるで明るくならなかったが、それを言うのは添い寝してくれと頼むようなものだったので、紡ぐべき言葉を持たず、僕はやっぱり、口をつぐむしかないのだった。

2　観光三日目／グレッグホテル501号室（午前八時〜）

ガードル・ライアス氏のこと——そして作家という職に就業している人のことを総合して、神経質呼ばわりした病院坂黒猫ではあるが、しかし神経質という観点から見れば、およそ病院坂の右に出る者はいない。それもまた、リレー小説の第二章においても、僕が省略した部分ではあるが——たとえばこのホテル、僕が当初名前も知らなかったホテルに到着して、チェックインした直後のことだ。病院坂が、それこそシャーロック・ホームズよろしく、部屋中を這い回るようにして、これから五日間宿泊することになる部屋に不審な点がないか、チェックを始めたのだった。まさか盗聴器や監視カメラが仕込まれているとと思ったわけではないだろうが、引き出しの中まで調べる彼女の姿は、やや常識を逸脱していたと言っていい。そしてこのようにツインルームの二名様一室利用で寝起きを共にして、昨日一昨日と、病院坂は決して僕よりは先に寝なかったし、決して僕より後には起きなかった。弔士くんが病院坂の寝姿に見とれてむらむらした、それゆえに小説を書いて気晴らしをしたという描写が小説中にあったが、あれは彼女の創作である。寝たふりはしても、寝ようとはしなかった。それは僕を信用していないということではなく（そうなら、そもそも僕と同室で部屋を予約しないだろう）、彼女自身の根本的な性質、あるいはアイデンティティというものなのだろうと思う。

けれど、この日——観光三日目。

ロンドン四日目。

僕は病院坂よりも先に目を覚ました——目を覚まして隣のベッドを見ると、病院坂は寝息さえ立てずに目を閉じていた。目を閉じている病院坂というのが、そもそもあまりにもイメージしづらいものがあったので、一瞬、誰だこいつはとさえ思ってしまったほどである。僕はぱしぱしと自分の頬を叩いて（当然、むらむらしたからではなく、普通に眠気を晴らすためである）、バスルームに向かい、顔を洗う。そしてクローゼットに吊るしてあった制服を着用する。カッターシャツが大分よれよれになってきていた。うーん。Tシャツでも買うかな。いや、僕もなんだかんだでお金を使っちゃっているので、衣服クラスの買い物をするとなれば、もう病院坂にお金を借りるしかないのだけれど……そうそう貸してくれないだろうな。その決意はリレー小説の第一章に明記されていた。どうせ病院坂はすぐに起きるだろうと思っていたので、特に足音を潜めることもなく行動していたのだが、しかしそれでも、彼女は一向に目を覚ます気配がなかった。バッキンガム宮殿で衛兵の交代を見るのであれば、移動時間を含めて、あと三十分くらいしたら出発しないといけないのだが、らしくない。やっぱり慣れない海外生活で疲れがたまっているということなのだろうか——元々、身体の強い女じゃないからな。別に予定を変更してもいい——バッキンガム宮殿の衛兵の交代は、この時期は一日おきに行われるらしいから、今日を逃せば今回の滞在中にはもう見れなくなってしまうのだが、それは已《や》む無しと言ったところか。

「…………」

ぱん、と手を叩いたのは取り立てて何かを思いついたからではない。さすがに病院坂が起きなさ過ぎだと、ただそう思ったからだ。先に寝ない後に起きないという以前に、深く眠れる人間ではない——起きないにしても、せめて無意識の反応くらいはするものだ。

どうして——ぴくりとも動かないのだろう。

寝息さえ立てないのだろう。

掛け布団のシルエットが不自然なのだろう。

「う……く、くろね子さん……？」

そっと、どうしてか、まるで今更のように足音を潜めるようにして、僕は病院坂のベッドに近付いていって、そのシーツを剥いだ。何事もなければ、それはまだ、友達同士の冗談で済んだかもしれないことだった。しかし、何事もあった——それはとてつもない大事だった。

病院坂黒猫の左胸に深々と、分厚い刃物が突き刺さっていた。学園指定のジャージを貫いて、彼女が密かに、あるいは大胆に自慢にしていたその胸の形を崩さんばかりに奥深く、病院坂の身体を狭いベッドに磔刑《たっけい》にするように——もっと酷い譬《たと》え話をするなら、昆虫採集の昆虫のように、串刺しにされていた。

手の施しようがないことを、直感で理解する。例のリレー小説で、隣り合った席のお坊さんの胸を突き刺していたのは柄まで金属製の、さほど大きくないナイフ——エージェントが絶望の挙句に自らを突いたナイフが具体的にどういうものなのかは、記述されていなかった。しかし、このとき病院坂の胸を貫いていた、彼女の心臓を貫いていた刃物は、戦争映画に出てくるようなアーミーナイフだった。刺すというより破壊し、粉砕するような刃物だった。柄を手に握ってみるが、ぴくりとも動かない。

「びょ——病院坂」

呼びかけて——返事があるわけがない。けれど僕は、手の施しようもなく、そして手遅れであることを理解しながらも、そう呼びかけずにはいられなかった。だって、胸を無残に突き刺されていながら、病院坂の顔と言えば、まるで大人しく、痛みにも恐怖にも引きつっておらず、本当にただ寝ているだけのようだったのだから。

「嘘だろ——おい」

呪い？

呪いの小説？

読み終えた人間は必ず死ぬ——呪い？

いや、そんなものは存在しない——そんなものがあってたまるか。『ドグラ・マグラ』を読んで、本当に発狂した人間などいないように、ガードル・ライアス氏の小説を読んだ直後に死んだというふたりも、ただ偶然死んだだけに違いないのだ。大体、生きている以上、人は必ず死ぬだろう？　読み終えた者が不老不死になる小説があるというのなら、それは称えるべきかもしれないが、その伝でいうなら、この世に存在する全ての小説は、僕と病院坂が合作中の益体もないリレー小説まで含めて、読み終えた人間は必ず死ぬ小説だ。発狂よりは、よっぽど事実に即した、真実味のあるコピーだった。

違う。思考がズレている。関係のないことを考えて精神的に逃避をしようと、無意識が働いている。この状況から逃げようとしている。落ち着け。僕はとてもシンプルな人間だ。少なくとも病院坂は僕のことをそう思っていた。隣の席で人が殺されていてもまるで動じないような。だからこの状況でも動じずにいられる。僕は簡単だから。簡単だから——愛すべき友人が殺されていてもまるで動じない。動じないはずだ。話題の弔士くんならどうだ？　この状況をどう打破する？　きっと彼なら、恐慌し、喚いて、ひょっとしたら泣きながら、病院坂の死に顔にキスでもするのかもしれない。そしてその後は全てを忘れたようにひとりでバッキンガム宮殿に向かうのだと思う。少なくとも、病院坂が書いた第三章から読み取れる串中弔士像はそんな感じだ。

ならば僕なら？

喚くか？　泣くか？　キスするか？

そのどれでもない。

まずは——考える。

警察に連絡すべきかどうか——普通に考えれば、すべきだ。そこに選択の余地はない。けれど、僕はイギリス当局の電話番号を知らなかった。『スコットランドヤードの諸君』と連絡を取るために、どのダイヤルを回せばいいのかわからない。調べればすぐにわかることだろうが、しかしそのひと手間のために、僕には選択の余地があった。

何故ならこの部屋は密室だ。作家先生の家の地下倉庫ではないが——いや、その地下倉庫の存在自体、病院坂の創作なのだが——ホテルの部屋はオートロックで、外側からは開かない。つまり密室だ。病院坂黒猫が殺されたのは、推理小説で言うところの——密室殺人なのだった。それも自殺ではあり得ない。傷口を調べるまでもない、刃物の突き刺さった身体の上からシーツを掛けられていたのだ。病院坂本人にそんな真似ができるわけがない——そう。作家先生の奥方やエージェントと同じく、自殺ではなく——違う、それは創作の解決編だ、そのふたりが死んだのは偶然だ。駄目だ、まだ混乱している。シンプルに徹しきれない。とにかく、確かに病院坂は『わからないことがあれば死にたくなる』という、恐るべき自傷の傾向があり、実際僕の目の前でも、自ら命を絶とうとしたことが幾度とあるが、しかし自分で自分の胸を突いたのでは、こんな姿勢にはならないのだ。その可能性は排除していい。

ならば次に疑うべき可能性は？

密室の内側で、床を共にしていた——僕だ。僕が病院坂を殺したという可能性——迂闊にも僕は、病院坂の胸に刺さったアーミーナイフの柄に、素手で触れてしまっている。指紋がくっきりと、採取されることだろう。それでもここが日本だったなら、僕は警察に電話を掛けたと思う。『桜田門の諸君』に助けを求めたはずだ。しかし——ここは僕の住まう国ではない。

言葉が通じないのだ。

言葉の通じない人間を相手にして、この状況を、そして旅行に来た目的やその他の諸々を、説明できる自信はなかった——むしろこの状況で、喚きもせず、泣きもしない僕は、あまりにも怪し過ぎる、格好の犯人候補だろう。話をまともに聞いてくれるかどうかさえ保証がない——いや、だからそもそも話以前に言葉が通じない。病院坂も言っていた通り、僕が入国審査を日本語のみで通過したというのは本当なのだ。

そして時間はある。

ロンドンを発つのは明日の夜の便——ゆえに、この部屋は明日までリザーブされている。だから、ドント・ディスターブの札さえ出しておけば、病院坂の死体は発見されることはない。つまり——考える時間は、更に追加できるのだ。およそ二十七時間ほど——僕はまだ、考えることができる。病院坂を殺した犯人を、僕の愛すべき友人を殺した犯人を——考えることができるのだった。病院坂の身体にシーツを掛け直し、僕は自分のセカンドバッグと、それからガードル・ライアス氏の新作がプリントされた紙束が入っているだろう病院坂のボストンバッグを手に取って、グレッグホテル、５０１号室から外に出たのだった。密室の扉は、内側からなら簡単に開けられる。

3　観光三日目／セントジェームズパーク～トラファルガー広場（午後三時～）

リレー小説の第三章において病院坂が、旅のパートナーを僕ではなく、弔士くんに置き換えて書いた理由を考えてみる。それは当然、僕に対する嫌がらせという線が一番ある。『様刻くんじゃなくて弔士くんと来たほうがよかったかもしれない』的な当て付けのつもり――はなかったにしても、しかし僕にそう思わせて嫌な気分にさせようという意地悪な企みがあったはずだ。が、その他にも恐らく、ミステリーの探偵役に僕は向かないという、そんな潜在的な思いが病院坂にはあったはずだ。第一章と違い、謎解きを自分ではなくパートナーに担当させようと決めた時点で、僕はキャラクターとして登場する資格を失ってしまったのだろう――だからと言って、弔士くんが探偵役の似合う人物像なのかと言えばそんなことはないと思うのだが、それでも病院坂にとっては、僕よりもマシだったのだ。忸怩《じくじ》たる思いはあるが、しかし慧眼《けいがん》ではある。実際、以前学園で起きた殺人事件の解決に当たっても、僕は何もできなかったと言っていい。

けれど僕は考えなければならない。

病院坂黒猫殺害の方法を。

「……シンプルなんだよな」

どうやら病院坂が勘違いしていたらしく、バッキンガム宮殿の衛兵の交代は、今日ではなかった。一日おきに行われているというから、つまり明日なのだろう。観光客にとっては一かバチかみたいなところがあるのか、同様の勘違いをしている人達が、宮殿前に相当数集まっていた――あるいは勘違いではなく、行われる予定だったのが、中止になったのかもしれなかった。元々見世物じゃないというのがあるから、大した告知もなされないのだろう。言葉が使えないのみならず、お金の使い方もよくわからない僕は（紙幣はともかく、小銭の使い方がわからない。どうしてポンドのほかに、ペンスという補助単位があるのだろう。日本でいう『銭』みたいなものか）、バッキンガム宮殿を訪れるにあたってタクシーも地下鉄も使えなかったので歩いて来たのだが、無駄足だった。冷静になってみれば、ドント・ディスターブの札さえ出しておけば、別にホテルの部屋を出る必要はまったくなかったのだが、つい、予定通りの行動を取ってしまった。殺人事件の調査をしようというのなら、むしろ現場のホテルの部屋にとどまっていたほうがよかったのに——いや、きっと僕は、病院坂の死体と同じ空間にいることに耐えられなかったのだろう。

しかしだからと言ってホテルに引き返す気にもなれず、僕は宮殿近くの公園、セントジェームスパークへと足を延ばした。自然公園とでも言うのだろうか、湖には白鳥やら合鴨やらが泳ぎ、森林では栗鼠《りす》が遊んでいた。こんな近い距離で栗鼠を見るのは初めてだった。病院坂が動物好きだったのかどうかは知らないが、そう言えば昨夜思わせぶりに言っていた『サプライズ』というのは、このことなのかもしれなかった。まさか自分の死を『サプライズ』と称するほど、病院坂黒猫も悪趣味ではないだろう。

しかし、まるで動物園だ。動物が放し飼いにされている動物園——まあ、完全に人に慣れてしまっていて、栗鼠はおよそ野性を失っていたが（鳩に追われていた）。ひょっとしたらその辺で餌でも売っているのかもしれなかったが、どの道、お金の使い方がよくわからない僕には、購入のしようがない。持ってきた病院坂のボストンバッグの中には、当然彼女の財布が這入っていたが、しかしまさかクレジット・カードを勝手に使うわけにはいかないだろう。それにしても、黒いカードはグレードが高いカードだったというのには驚かされた。知らなかったのだ。病院坂は小説内において、弔士くんがそういう設定にしたという設定にし、遠回しにそれを教えてくれた（というよりからかってくれた）のだが。大体、クレジット・カードの使用には暗証番号が必要なのだ。

「はあ……」

文化水準は日本とさほど変わらないはずなのに（物価の高さを考えれば、むしろ日本より上だろう）、言葉が通じず、知識がないというだけで、まるで未開の秘境にでも迷い込んでしまった気分だった。ため息も出ようというものだ。そしてこの四日間、どれだけ病院坂に頼っていたのかということも思い知らされる。故意にゆっくりとしたペースで歩きながら、しかし、僕は完全に行き詰ってしまっていた。病院坂の遠い親戚、この旅行の元々の仕切り人だという笛吹という人に連絡を取ろうにも、連絡先を知らないし――まして作家先生に連絡を取るわけには絶対にいかない。

自分達が書いた小説に影響されているのかもしれないとは思うが――小説がもっとも影響を与える相手は作者本人であるという話を、昔聞いたことがあるが――『呪いの小説』を読んだ直後に病院坂が殺されたところを見れば、目下のところ、ガードル・ライアス氏は最大の容疑者だ。彼は当然、僕達の宿泊先は知っているはずだし――

『呪い』なんてあるわけがない――大体、もし本当にあるのだとすれば、それなら前のふたりと同じように、交通事故死とか、病死とか、そんな偶発的な死に方になるはずだ。まるで僕達のリレー小説をなぞったかのように、ナイフで突かれて殺されるなんて、そんな呪いはあり得ない」

作家先生は、病院坂が『呪いの小説』を読んだことを知っている――彼女に『呪い』が否定されよういとしていることを知っている。出版されて以後ならそれでいいだろう。まさか作家先生本人も小説を読んだ人間全員を殺すつもりはあるまい――ただ、出販前、発売前に『呪い』にケチがつくことは避けたかった。相談を持ちかけたところで、まさかロンドンまで来た日本人から、そんな解決法を示されるとは思っていなかった――だから病院坂を殺した――のか？　作家先生が犯人だと仮定したら、そういうことになる。ロンドン滞在も四日目。そろそろ読み終わっている頃合だと見て、作家先生は、病院坂の寝込みを襲った――眠りの浅い病院坂だから、一撃で決めなければならなかった。僕の英語力のなさは会食の席で露呈しているので、僕がその小説を読んでいる心配はない。だから僕は殺されなかった。病院坂が殺されている横で、暢気に眠りこけていた。

　かなり強引だが、そんなストーリーを練ることはできる――考えることはできる。正直言って、たかが小説のために、人を殺したりする人間がいるとは思えない――それよりも思い込みの激しい作家先生が、偶然が続いたことを気に病んでいたという解釈のほうが、よっぽど現実的だ。ただ――強引にそうとでも考えない限り、病院坂がロンドンのこの地で殺される理由など思いつかない。

　だけど、具体的な手段としてはどうだ？

　どうやって殺す？

　部屋の鍵は掛かっていた――神経質な病院坂のこと、オートロックだけに任せず、チェーンもちゃんと掛けていた。ホテルの従業員であっても、あの扉を開けることはできない――言うまでもなく窓は嵌め殺しだった。具体的な手段を講ずると、同室の僕――櫃内様刻が犯人だとしか考えられないのである。もっとも、その場合、例のアーミーナイフの入手先が問題になるだろうし――現実、僕は病院坂を殺したりしていない。そんな理由もない。

　これが小説だったら、と思う。

　このシーンは、実は僕と病院坂が合作で書いているあのリレー小説の一部分で、第一章が病院坂視点、第二章が僕視点、第三章が病院坂視点だから、そう、この第四章は僕の手による創作であって、第三章においていなかったことにされた意趣返しとして、病院坂を被害者役に設定して執筆した——という話だったら、と思う。

それならば、話は簡単だ。

適当に解決編をでっち上げて、そして章を切り替えてしまえば——それだけのことで病院坂は生き返るのだから。いや、元々死んでない以上、生き返るという表現は適当ではないのかもしれないが——とにかく、いつも通りに、僕のそばにいてくれるのだから。僕はこんな心細い思いをしなくともいいのだから。

『やるじゃないか、様刻くん。作品中のこととは言え、この僕を殺してしまうとは大したものだ、出し抜かれたよ。しかしどうせなら、もっと派手に殺して欲しかったものだね。寝ている間にぶすりといかれたなんて、僕の死に方としてはいささか地味過ぎるよ。あっはっは』

とか。

そんな風に快活に笑う病院坂の姿が目に浮かぶようだった。

けれど僕はそんな病院坂の笑い声を聞くことはない——病院坂黒猫の死はまごうことなき、現実なのだから。殺しても死なないような奴が殺されて死んだ。その衝撃は、やはり僕の心に重くのしかかっていた。どうしてこんなことになったのだろう——『呪い』なんて存在するわけないにしても、それでも病院坂は、作家先生の新作に目を通したりするべきではなかったのではないか。丸投げされた相談ごとに、そこまで親身になる必要がどこにあったのだ、結局、あいつはお人よしなのだ——情に流されやすく、情に絆《ほだ》されやすく、そして情に棹さしやすい人間なのだ。

人の気持ちもわからない癖に。

僕がこんな気持ちになるなんて、わかりもしなかった癖に。

「きみが死ぬときは、絶対に自殺だと思っていたよ

——病院坂」

　考えれば考えるほどに深みに嵌り、いつの間にか、セントジェームズパークの遊歩道は終わりを告げた（どうもこの公園はジョギングのコースになっているらしい。先ほどから、そういう人達とすれ違ったり、追い抜かされたり、目まぐるしい）。病院坂のボストンバッグに入っていた観光ブックによれば、僕でも名前くらいは知っている、待ち合わせスポットとして有名なトラファルガー広場がすぐそばにあるらしい。行きがかり上、折角だから寄っていくことにした——とは言え、この国に今現在、僕が待ち合わせするような相手はいないのだが。

　地図を見ながら到着したスクエア。中央の高い塔の上に建立されたネルソン提督の像があり、その提督を守護するように、周囲を巨大なライオンの像が固めていた。横断歩道を挟んで、僕はそんな像を、それぞれ見遣る——していると、信号が青に変わった。どうでもいいことだけれど、イギリスの歩行者用信号は、ランプに表示される歩行者の向きが日本と逆だった。その細かい、そして本当にどうでもいい違いに、いちいち違和感を覚えさせられる——特に、今のようなテンションの場合は。

「トラファルガー広場なのにライオンの像か……日本人観光客は全員突っ込みを入れて帰るんだろうな」

　しかしそんな突っ込みも、ひとりでは空しい駄洒落でしかないのだった。ライオンの像にもたれかかるようにして（見れば、ライオンの上にまたがっている人が少なからずいた。いいのだろうか）、僕は観光ブックをボストンバッグの中に仕舞う——と、そのとき、その観光ブックのページの間に、何かが挟まっていることに気付いた。ちょうど、遊園地紹介のページだった。ソープ・パークという、絶叫マシンを網羅したような遊園地——マダム・タッソー館であれほど取り乱していた病院坂が、こんなコーナーをブックマークする理由はない。恐らく、ボストンバッグを揺らすうちに、たまたま挟まってしまった《・》のだろう。

挟まっていたのはミュージカルのチケットだった。

4　観光三日目／オペラ座の怪人（午後八時〜）

病院坂が言っていた『サプライズ』とはきっとこのことだったのだろう。ロンドンと言えばミュージカルである。日本を発つ段階で既に用意していたのか、それとも僕の隙をついて『呪いの小説』を読んでいたように、滞在中に僕の目を盗んで購入したのか、病院坂の観光ブックの間には、ミュージカルのチケットが二枚、挟まっていた。

演目は『オペラ座の怪人』。

病院坂らしいチョイスだった——人生のどの時期であっても、ミステリーに傾倒したことのある人間なら、誰でもその粗筋は知っている。フランスの推理作家、ガストン・ルルー原作のミュージカル。もっともミステリー読みの間では『黄色い部屋の秘密』のほうが有名だけれど。とにかく、ブリティッシュ・イングリッシュで演じられるミュージカルである以上、おおまかな梗概を知っている演目でないと、病院坂は平気でも僕が楽しめないという、そんな気遣いをしてくれたのだろう。

結局、一日中ロンドンを徘徊《はいかい》したところで僕は何も思いつかず、手がかりも足がかりもつかむことができず、かと言ってホテルに戻る気にもなれず――チケットに書いてあった劇場へと、足を運んだのだった。ミュージカルなど楽しんでいる場合でないのは明らかだったが、しかし、折角生前の病院坂が用意してくれた『サプライズ』だ――無下にはできなかった。とにかく片言の英語で、劇場の従業員に話しかけて、チケットに書かれている座席番号の近くまで案内してもらった。なるほど、病院坂が言っていた通りだ。思い切ってやってみれば、片言の英語でも通じるものだった。

初めて、国際交流をした気分になった。

病院坂は、褒めてくれるだろうか。

「……って、おい」

しかし案内されたのはとんでもない席だった。二階席を支える太い柱があって、その真後ろの席だったのだ。当然、その席に座れば舞台は見えなくなってしまう。いや、そもそもこんな位置に座席を設置していること自体がおかしいし、従業員さんも何食わぬ顔をしてにこやかに僕をこんな席に案内してきてるんじゃねえよ。何だろう、ひょっとして、僕が学生服姿の日本人観光客だからなめられたのだろうか、と思ったが、しかしそもそも用意されたチケットに記載されている座席番号は、間違いなくこの席のものだった。だったら病院坂の企みか。嫌がらせか。あいつは死後まで僕に嫌がらせをするのか――けれどその可能性も低そうだった。訳知り顔をしているが、あいつだってロンドン、どころか海外旅行自体初めてなのだ。この劇場が、こんな独特の座席配置をしていることとなんて、いくら病院坂でも事前に知ることができるわけがない。

だけど、本当にびっくりするなあ。この旅行一番のカルチャーショックだ。丁度舞台が見えない、絶妙の柱だった。大英博物館で、僕はロゼッタ・ストーンしか見なかったが、病院坂は見回っていた——あの小説の通り。そんな中、病院坂は『立派な柱が展示されているなあ』と一本の柱に目を留めたそうだが、しばらくしてそれが博物館の柱だと気付いたというエピソードを、あとから教えてくれた。その柱もさぞかし立派だったのだろうが、どうだろう、この劇場の柱もなかなか引けを取らないのではないだろうか。どうしてもと言うなら、チケットはもう一枚、病院坂の分があるのだから、そちらの席に移ればいいだけの話なのだが——しかし、もしも今晩、病院坂と一緒にこの劇場に来ていたら、僕は確実に、病院坂に舞台が見える席を譲って、自分はこの席に腰を下ろしただろう。だから——僕は結局、座席を移動しなかった。

考えてみれば、これはこれで貴重な経験だ。『オペラ座の怪人』は日本でも記録映像か何かで見られるかもしれないが、この柱に限っては、きっとロンドンのこの劇場でしか見られないだろう。人気の舞台なのか、それともそういう時期なのか、開演時刻の五分前には観客席は満席となった——ぽつんと空いた一席を除いて、満席となった。空いた席は、随分と舞台が見やすそうな席である。並びで取れないのは仕方ないにしても、こうも格差があるというのはなかなかのミラクルだった。まあ、あそこで病院坂が見ているような気持ちで鑑賞するとしよう。

『オペラ座の怪人』は、粗筋は伝え聞いていても、原作を読んだことはないし、そして僕はミュージカル自体、初体験だった。しかし鳴り響いた音楽には聞き覚えがあった。それくらいポピュラーな音楽だということだ——多分、何かのBGMで使われていたのだろう。柱を迂回《うかい》するように、左右に首を動かしながら、舞台を見る。幸いなことに、頑張ればぎりぎり舞台の全景を見ることができるようだった。柱の両脇のお客さんが、西洋人にしては小柄な女性だったことが幸運だった。

十五分の休憩時間を挟んで、舞台はおよそ二時間半。考えごとをする暇もなく、あっという間に時間は過ぎてしまった。勿論、どんな高らかに歌い上げられたところで、その歌詞の意味は僕にはわからない。ところどころ、短いセンテンスの言葉が、かろうじて理解できるくらいだ。それでも、それにもかかわらず、僕は十分に観劇を楽しむことができたと言えるだろう。言葉が通じなくとも観客を魅了できるというのは素晴らしいと思う——作り手は、言葉が通じなくとも楽しめるように設計したつもりはないだろうに、こうして楽しめたというのが、特に素晴らしい。劇場の入り口で売っていた『オペラ座の怪人』マスクを買って帰ろうかとさえ思ったが、さすがに感化され過ぎな気がしたし、確かかなり値が張る一品だったようなので、諦めた。

舞台の最後にカーテンコール。主役も、悪役も、死人役も、脇役も、みんな笑顔で、華やかな仕草で観客席に向けて一礼する。割れるような拍手を受けて——ふむ。僕も同じように拍手をしながら、これは推理小説、でなくとも、小説ではどうやったって使いようのない技だなと、頭の片隅のほうで思った。探偵も、犯人も、被害者も、容疑者も、最後は手を取り合って、みんなで読者に向かって一礼——どんな落ちだ。興を削ぐこと甚だしい。けれどそんな風に、病院坂の死も作りごとで、彼女がまた笑顔を見せてくれるのであれば、そんな嬉しいことはない。例外的に、僕はその落ちを認めるだろう。

熱気冷めやらぬ中、僕は劇場を後にした。劇場の従業員と話したことで度胸がついたというわけでもないが、タクシーを止め、片言の言葉で行き先——宿泊しているホテルの名を、僕は告げる。まあ言語云々以前に、タクシーを自分で止めたこと自体、僕にとっては初めての経験だった。本当、やってみればできるものだ。夜の街は混み合っていて、その喧《けん》騒《そう》は日本のそれと何ら変わらないんだと思わされた。窓の外を見ると、京都でよく見かけるような人力タクシーが車道を走っていて、それには少なからず驚かされた。

料金を支払って（タクシーをいったん降りて、助手席の窓から料金を支払うというやり方も日本とは違うもので戸惑ったが、チップのことも含め、病院坂の見様見真似《みようみまね》で何とかなった）、部屋に戻る。501号室。ドント・ディスターブの札は掛かったままだ。清掃は入っていないようだった——極まれに、この札を掛けていても構わず掃除をするホテルもあるというから、実はちょっと心配していたのだ。

病院坂黒猫は。

朝と同じ姿勢のまま、ベッドに横たわっていた。

眠っているように見える。

眠っているようにしか見えない。

今でも——寝ている振りで、僕をからかっているのではないかと思ってしまう。その身体をベッドから突き落とせば、『いたた。ばれたか。僕が死んだときの様刻くんのリアクションを試してみようと思ってね。そんなに悲しんでくれるとは嬉しいなあ』なんて、まるで悪びれることなく、ウインクをしてくれそうだとさえ思う。

けれど——そんなことはないのだった。

「結局……何もわからなかったな」

学生服を脱ぎながら、僕は呟く。けだるげに——絶望的に。二十七時間残っていた時間は、既に残り十二時間を切っていた。

「わからないことがあると——死にたくなる」

こうなると、ヒントはもう、作家先生の新作——『呪いの小説』の中にあるとしか思えなかった。少なくとも、その内容を外において、これ以上の考察を続けることは無理があるようだった。病院坂は『そこそこ面白かった』なんて、適当な感想を述べていただけで、具体的な内容を言わなかったが――その中にヒントがあるのかもしれなかった。まあ、三年振りの新作、入魂の一作を『そこそこ面白かった』で済まされてしまった作家先生に同情したい気持ちはあるし（それこそ上から目線だ）、そもそも作家先生を怪しむ理由自体、やっぱり自分達の書いた小説に毒されているのだとも思うが、しかし強引でもこじつけでも牽強付会でも、もうそう考えることだけが、今の僕の希望であるように思われた。いや、そもそも、最初からそうしようと思って――僕は、ガードドル・ライアス氏のプリントアウトされた紙束が入っている病院坂のボストンバッグを持ち出したのではなかったか。結局それを手に取ることもなく、ホテルにまで戻ってきてしまったけれど。

怯えたわけではない。

『呪い』を信じない主義を、曲げるつもりはない――僕が怯えるとすれば、『呪いを信じている人間』のほうだろう――『呪いを実現させようとする人間』のほうだろう。だからその新作を読むことは一線を越えることだ――画された一線に踏み入ることだ。病院坂はあっさりと踏み越えたその一線だが、僕のような平凡でありきたりな人間には、簡単にはそれができない。けれどいよいよ、僕はやらなくてはならないのだろう、簡単に。

僕は簡単な人間だから。

最後の最後に気を引き締める意味で、冷たい水のシャワーを浴びてから、僕は病院坂のボストンバッグを漁って、ダブルクリップで留められたそれらしき紙束を取り出した――椅子に座って、まず一枚目をめくった。

けれど。

それは作家先生の新作ではなかった。

それは病院坂黒猫がしたためた遺書だった。

5　観光三日目／グレッグホテル501号室（午後十一時半～）

「愛すべき友人、櫃内様刻くん。

「きみがこの文章を読んでいるということは、僕はもうこの世にいないということだろう――残念ながら殺されてしまい、不本意に命を落としているということだろう。まさかこんなありふれた文章を自ら書くことになろうとは思いもしなかったが、しかしこれもめぐり合わせというものだ。

「そして様刻くんが、どうせ大して読めもしないのにガードル・ライアス氏の新作に手を出そうとしたということは、きみが相当切羽詰《せっぱつま》っているということだ――察するに、きみが犯人だとでも考えざるを得ないような状況に追い詰められたといったところかな？

「まあ見ての通り、この紙の束は作家先生の三年振りの新作、『読み終えた人間は必ず死ぬ』という『呪い』の小説ではない。本物の原稿は、きみが眠っている間に既に処分しておいた。確率がたとえゼロパーセント以下であっても、そんな縁起でもないものを、様刻くんは読むべきではないと思うからね。余計なお世話なのだろうけれど、僕はきみの可愛い妹さんから怒られたくはないんだ。

「それにどうせ、様刻くんには読めないよ。かなり難解な言い回しを使った小説だったから。大学受験レベルじゃ話にならない。

「だったらせめて、僕の殺された事件のヒントを得るために、その具体的な内容を粗筋で教えてくれ――ときみは思うかもしれないが、しかしそれも諦めて欲しい。僕はきみに、あの小説の内容を教えることはできないんだ。きみがたとえ、今どのような苦境にあろうともね。

「なぜかって？　それはね、様刻くん。僕もまた、あの小説を読み終えていないからだ。

「『そこそこ面白かった』なんて感想を、ついさっききみに言ったばかりのところで、僕はこの文章を書いているのだが——申し訳ないが、あの言葉は嘘だ。随分と適当な感想だと思われたかもしれないが、仕方がない、読んでない以上具体的な感想なんて言えるわけがないだろう？　ま、死人の嘘だ、勘弁してくれ。

「作家先生がただ精神的に病んでしまって、新作の小説について不安を抱いているのだとすれば、僕が『読んだ』と言い張ればそれで済む。そして生き続けていれば、『呪い』は否定されるわけだ。

「が、もし——作家先生が、奥方やエージェントの偶発的な死を、戦略として利用しようと思ったのならば——そういう風に病んでしまったケースのことを、念のため、考えておかないわけにはいかなかったのでね。

「だから、読んでいる振りはしたが読んでいない。受け取った原稿の順番を滅茶苦茶に入れ替え、同じ行を何度もなぞったり、スペルを逆から読んだり、まあ、そんなことをして遊んでいた。文章として頭に入った単語さえ全体から見ればわずかだろう。

「『呪いの小説』が本当に『呪いの小説』だったとしたら——だから、僕が死ぬわけがないんだよ、様刻くん。『呪い』は、これで、誰に対しても、完全に否定された。ま、探偵が犯人に対して仕掛けたトリックというわけだ。それで僕が死んじゃってるのだから、不細工な話だけれどね。

「当然のことながら、この場合、僕を殺す動機があるのはガードル・ライアス氏、作家先生しかありえない。日本でならね、僕を殺したいくらい嫌っている人間に五十人ほど心当たりがあるが、このロンドンの地となれば、作家先生ただひとりだ。

「まあ、一応、論理的な可能性としては、様刻くんが犯人だという可能性は残る。僕が作家先生の新作を読み終えたことを知った様刻くんが、それを利用して――『呪いの小説』のせいにして、僕を亡き者にしようと企んだという可能性だ。勿論動機はない――世界中の全人類が僕を殺したとしても、様刻くんだけは僕を殺さないだろう。僕にはその確信がある。

「だけどまあ、客観的にその可能性も排除しておこう。

「それがこの遺書だ。様刻くんがこの文章を読んでいるということは、様刻くんの状況が切羽詰っているということで――様刻くんがもしも僕を殺した下手人ならば、読めもしない作家先生の原稿を手に取る理由はないからね。これはもう、トリックというよりはトラップだ。引っ掛けるような真似をして申し訳なかったが、これで様刻くんの容疑は晴れた、おめでとう。

「さて、ではあとのことは任すよ、様刻くん。作家先生の犯罪を立証して、告発してくれたまえ。こうして実際に僕に手をかけた以上、ひょっとすると、奥方の交通事故死やエージェントの病死にも、間接的に作家先生が噛んでいる可能性も出てきたからね――まあ、その偶然が作家先生を追い詰めただけだと、やっぱり僕は推理するけれどね。一応、笛吹の連絡先を記しておくよ。何かあったら彼に頼るといい――そちらに連絡が取れるわけがないとは思うが、たとえ何があっても弔士くんに頼るのだけはやめておけ。

「迎槻くんと、琴原《ことはら》さんと、それから国府田《こうだ》先生によろしく伝えておいてくれたまえと、僕らしくもないけれど、最後に言っておこうかな。じゃ、受験、頑張ってね。様刻くんならきっと、第一志望に合格できるさ、僕が保証する。自分では気付いていないかもしれないけれど、きみは結構すごい奴なんだぞ」

／まるばつもんだい編

NOTE

1　観光四日目／グレッグホテル501号室（午前八時〜）

僕（櫃内様刻）が渡した原稿を病院坂は読み終えた。そして言った。

「僕が死んだーっ！」

それは思いのほか大きな声だった。

「えええ？　ええええええ？　本当？　これ本当のこと？　嘘だろ、こんなことするかあ？　え、何で僕こんなことされたんだ？　信じられない、様刻くんが小説の中で僕を殺した！」

セットしたばかりの髪を振り乱しながら、大きく目を剝いて、何度も何度も確認するように、第四章のパートを確認する病院坂。予想以上のリアクション……というか、予想外のリアクションだった。

「うわ、ちょっと待ってよ……僕がいったい何をしたというんだ？　こんな酷い真似をされるようなことをしたか？　考えよう、考えよう、理由もなしにこんなことをされるわけがない！　何、第三章で様刻くんの存在を弔士くんに置き換えたのがそこまで様刻くんの不興を買ったのか？　あんなの可愛い冗談じゃないか！　それとも、僕の勘違いが原因で、バッキンガム宮殿の衛兵の交代が見られなかったことに怒ったのか⁉　しかし、よしんばそのことに腹を立てたとしても、何も殺すことはないだろう！　よりによってアーミーナイフだって⁉」

「……あ、あのさ」

やばい。

どうやら僕は取り返しのつかない失敗をしてしまったらしい。

「あのさ、病院坂……」

「あ、悪いけれど様刻くん、もうしばらくの間、話しかけないでくれるかな？　今僕は、様刻くんとこれからも仲良くやっていけるかどうか、真剣に考え中だから」

うっわー、ありえない、ありえないありえない、超ありえない、と、呪文のように言いながら、病院坂は椅子から立ち上がり、ベッドの上に、身を投げるようにして横たわった。仰向けではなく、うつぶせに。枕に顔をうずめている。

「あー、そうかそうかそうか、こういう気持ちになるんだ。小説やら漫画やらに、たまに編集者だったり何だったり、作者の身近にいる人間をモデルにしたキャラクターが登場して、酷い目にあったりするけれど、なるほど、こんな気分になるわけか。あーもう、僕はこれから、そういう描写を見ても笑えなくなっちゃった」

「…………」

「様刻くんだけはこんなことしないと思ってたなあー、こんなこと考えながら、僕と一緒にバッキンガム宮殿やらセントジェームズパークやらトラファルガー広場やら巡ってたんだ。ミュージカルを見ているときさえ、そうだったんだね。様刻くんが喜ぶだろうと思ってこっそりチケット用意したのにさあ。そりゃ、柱の後ろの席だったのは悪かったけどさ、でもそれ僕のせいじゃないじゃん」

ああ……病院坂がぐたぐたになっていく……。枕からかろうじて顔を起こし、病院坂はノートのページをめくる。

「弔士くんは『ひとりでバッキンガム宮殿に向かうのだと思う』？　何言ってんだ、ひとりでバッキンガム宮殿に向かってるのは様刻くんじゃないか！　様刻くんは僕が殺されてても予定通り観光をするんだね！」

とうとう作品中の出来事について、リアルな突っ込みを入れ始めた。完全にやさぐれモードだった。こんなの、初めて見る病院坂である。

「あーあ。こんなことなら本当に弔士くんを誘えばよかった。弔士くんなら絶対僕にこんなことしない

「いや、くろね子さん、小説の中の話じゃないかよ。そんな本気に取らなくても……僕はその、よかれと思ってさ」

「よかれ？　僕が殺されるのがよかれってこと？　酷いじゃないか、あんまりだ！」

「そ、そういう意味じゃなくて、そう、きっと楽しんでもらえるんじゃないかなって思って――」

「あと、僕が死んだ日の夜にミュージカル見て、普通に感動するとかやめて欲しかったな！　せめて、全然頭に入ってこなかったとか、そういう描写にできなかったものかね。できそうなものだけど、何かできない理由でもあったのかなあ。たとえば誰かのことが本当は嫌いだったとか。友達とか全然思ってなかったとか」

僕の釈明など聞こうともせず、まるで枕と会話しているかのように、しかしそれでもあてつけるように、病院坂は僕をねちねちと責める。


「いや、その辺は現実と混ざっちゃって……」

「トラファルガー広場のライオン像を見て突っ込みを入れる日本人なんて一人もいないよ！　どうしてきみは、名所名所でいちいちそういうがっかりするようなことを言うんだい！　ウエストミンスター宮殿は姫路城とは全然違う！」

細やかなギャグさえも、もはや許せなくなっているらしい。どれだけショックを受けたんだ。それに姫路城のギャグは、きみも自分のパートで引用するほど、気に入ってたじゃないか。

「『自分では気付いていないかもしれないけれど、きみは結構すごい奴なんだぞ』？　よくもまあ恥ずかしげもなくこんなことが書けたもんだよなあ、櫃内センセイは！　僕にいったい何を言わせているんだよ、まったく！」

「あの、くろね子さん、お言葉は至極《しごく》もっともなんですけれど、書いた小説を朗読するとかやめてくれませんか……」

「あー！　十八年間生きてきて、一番悲しい！　様刻くんがまさか僕のことを死ねばいいと思っていたなんて！」

病院坂はノートを僕に投げて――というよりぶつけて、再び、枕に顔をうずめた。一瞬、こちらに向いた瞳には、うっすらと涙が浮かんでさえいた。

嘘だろ……泣くほどショックだったのか。

「し、死ねばいいなんて思ってるはずないだろ」

「じゃあ何でこんな小説が書けるんだよ！　死ねばいいって思ってなかったら、こんな小説が書けるわけがないだろう！　人の胸にナイフが刺さっている様を詳細に描写しやがって！　昆虫採集に譬えるか？　あーもう、一生許せない、絶対忘れない！　くっそう……これでも僕はさ、様刻くんには結構尽くしてきたつもりだったんだけどね！」

「…………」

あ、駄目だ駄目だ駄目だ。

反論すれば、倍になって返ってくる。

「わ、わかったわかった、悪かったよ。じゃ、次の第五章では、きみが僕を殺していいから」

「はあ!?　誰が続けるか、こんなくだらない遊び！　やりたきゃきみひとりでやれ！　第四章に続けて第五章も続けて様刻くんが担当しろよ！　それでまた僕を殺せばいいんだ！　え、何、次は扼殺《やくさつ》かい？　撲殺かい？　好きにすればいいじゃないか！」

計算外だ……まさかリレー小説をすることで、ここまで関係にヒビが入ってしまうとは。楽しくやってたはずなのに……僕が書いた第二章を病院坂が読み終わったときとか、大盛り上がりだったのに……それがなんでこんなことに。小説ってのは本当に、読むものであって書くものではなかったのだと、このとき僕は痛感した。ルイス・キャロルの話じゃないが、本当、迂闊に小説なんか書くものじゃない。

「密室トリックの謎がとうとう思いつかなかったから、第五章できみに解決してもらおうと企んでたんだけどな……」

「誰がどう考えてもその状況での犯人は様刻くんしかいない！　捕まって法の裁きを受けろ！」

あとリレー小説においてはただの手抜きだからなそれ！　と、病院坂は小説そのものに対する罵倒も忘れなかった。

それはまあ、その通りだった。

「あーあ……」

喚きつかれたのか、ようやく病院坂が一息ついた——途端、その声は弱々しいものになる。

「様刻くんさあ。日本行きの飛行機、確か今日の夜八時発だからさあ。ヒースロー空港に五時集合ってことにしようか。ずっとべったりで行動してってもつまらないだろ。僕達ちょっと距離を置いたほうがいいと思うんだ。最終日くらい、別行動しようぜ。僕、本屋とか行ってくるから。イギリスでしか手に入らないモノポリーの新作が売ってるらしいんだよ」

「いやいや！　それをやったら本当に仲が悪くなるだろ！　それに言葉もわからないし！」

「小説の中では片言で喋ってるじゃないか……もうね、こういうところでしょーもない見栄を張っているところがまた、気に障《さわ》るんだよ……きみがいつ、どんな国際交流をしたっていうんだ……大体、根本的に様刻くんは文章が稚拙だよ」

あーやだ、本当やだ、世界中の誰と結婚することがあっても様刻くんとだけはないな、とぶつぶつ言いながら、病院坂は身体を起こした。じとり、と僕を睨《にら》む目にはもう涙はなかったが、その真っ赤な色合いと、それに、ちらりと窺えばしとどに濡れている枕が、いろんなことを雄弁に物語っていた。どうも泣き止むまでのつもりで、顔を伏せていたらしい。

「あーあ。いやもう、僕はこれから先、どんな嫌なことがあっても、どんなわからないことがあっても、絶っ対に死なない。僕が死んだら様刻くんはあんな愛のないリアクションを取るんだと思うと、意地でも長生きしてやるって気になってきた。何で僕が死ぬことによってきみが人間的に成長してるんだよ。あんな偽善的なナルシズムに浸られてたまるか。百歳まで生きてやる」

「…………」

それは、なんだかいいことのような気もするな。

「ま、様刻くん、そこまで僕のことが嫌いだって言うならさ……、僕もう荷物をまとめてこの部屋を出て行くから。様刻くんは、チェックアウトの時間、ぎりぎりまでゆっくりしてたらいいよ」

「病院坂——あの、じゃあ、僕がいったい何をしたら、今回の僕の所業をきみは許してくれるのかっていう話をしようじゃないか」

マダム・タッソー館における病院坂の台詞をなぞって、僕はそう言った。もうなんだか、ひたすらに謝るしかない感じだった。確かに、これはもう明らかに僕が悪いので、こうでも言わなければどうしようもない。愉快なポーズでも何でも、とってやろうじゃないか。

「…………」

病院坂はしばらく黙って、

「土下座じゃない？」

と言った。

「……は？」

「服を脱いで、パンツ一丁で、土下座でしょう。それで、その姿勢のまま一時間。そしたら、誠意を認めてあげてもいいよ。あ、なあんだ、出来心だったんだな、様刻くんはやっぱり僕の知っている様刻くんなんだな、って思える」

「じょ、冗談だよな？」

むしろ冗談が言えるくらいに病院坂の機嫌は回復したのだと、僕は嬉しいくらいの気持ちになったのだが、病院坂は顎を突き出す姿勢で、僕をにらみつけ、にこりともしないままだった。

「……ま、マジかよ。病院坂、きみ、友達に土下座しろって言ってるの？」

「いや全然言ってないよ。きみが勝手にするんだろう？　僕が強制したみたいな言い方はやめて欲しいなあ、人聞きが悪い。僕はどうしたらいいのかって訊かれたから、適切な方法を教えてあげたまでだよ」

「…………」

「撮影は勘弁してあげる。ま、死ねばいいと思っているような人間に下げる頭はないっていうのが様刻くんの主義主張なら、勿論僕はそれを尊重させてもらうよ。僕に謝りたくないっていうなら別に謝らなくてもいいよ。きみがどんなに頭を下げて謝ってくれても、別に僕の傷ついた心が戻るわけじゃないんだから。僕がこの傷を許せるかどうかっていうだけの話だと思うし。だから自分の意思で自分の行動を決めてくれたらいい。僕はそれを重んじる。様刻くんがどんなに僕を嫌いでも、僕は様刻くんが大好きだからね」

2　観光四日目／グレッグホテル501号室（午前九時〜）

この男の中の男、櫃内様刻が病院坂の要求にどう応じたかは言うまでもないことだろうから記述を省略するとして、修学旅行兼卒業旅行、ロンドン滞在も今日が最終日だった——今日の夜八時には、僕達は日本行きの便に搭乗する。振り返ってみれば、ある程度、ロンドンの名所を網羅できたような気がする。

「次来たときは、シェークスピアの墓を訪ねたいもんだな。今度この国に来るのはいつになるかわからないけどさ」

「なんだ。気に入ったのかい？」

大したもので、つい先ほどのやり取りなど本当になかったかのようにケロッとした口調で僕に答える病院坂。

「僕はハンプトン・コート宮殿に、行けたら行きたかったものだけれどね――今度は完全にプライベートで来たいものだ」

目の辺りはまだ腫《は》れぼったいが、すっかり普段のテンションである。僕も男子として大切な何かを捨てた甲斐があった……いやいや、何も捨ててないけど。後頭部を踏まれたりも、まったくもってしてないけれど。

「プライベートか……そういや、作家先生の件はどう解決したのか、そろそろ教えてくれよ。きみ、あの中華料理の会食の席で、既に解決案を作家先生に話したんだろう？」

それがどんな解決案なのか、病院坂は教えてくれなかった。ただ、作家先生との会食を終えてホテルに戻ったあと、『これで仕事は終わりだ。あとは四日間、観光を目一杯楽しもう、様刻くん』とだけ、短く言ったのだった。どういうことだと問うと、

『少しは自分で考えたまえ。頭は使わないとすぐに錆び付いてしまうよ』と返されたのだ。一応、その言葉に対する回答が、僕がリレー小説の第四章で書いた、病院坂自身が『呪いの小説』を読むというアイディアだったのだが、しかしそのせいでえらい目にあってしまった。いやいや、えらい目になどちっともあっていないが――とにかく、僕の示した回答は不正解らしい。となると、もうお手上げだった。

「今日、最後にもう一度作家先生に会うことになってるんだろう？　その席で、また僕だけが蚊帳の外っていうのはやりづらいよ」

「ふむ。まあ、言ってしまえば簡単なことなんだけどね」

病院坂は、旅行用トランクを開けて、中身の整理――帰国の準備をしながら、ことのついでのように教えてくれる。

「様刻くんがリレー小説で書いてくれた解決案も、別に悪くはないんだけれどね、しかし作家先生自身

がそれを『呪いの小説』だと信じている以上、読ませてくれと頼んでも読ませてくれるわけがない。読んだ相手は死ぬのだと、そう思い込んでいるのだからね。誰だって人殺しにはなりたくない——だからこそ作家先生は笛吹に相談を持ちかけたのだから。じゃあどうするのかということだが、様刻くん。突き詰めればね、結局、その新作が本当に『呪いの小説』かどうかなんて、どうでもいいんだよ。疑いを晴らせればそれでいいんだ。その思い込みを根本から否定してあげればいい」

「だから、その方法」

「様刻くん」

病院坂はいつもの調子で言う。

「小説の最初の読者って、誰だと思う？」

「……奥方だろ？　推敲後の完成品って意味なら、エージェントさんだっけ」

「いや、ガードル・ライアス氏の話じゃなくて、もっと広く一般的な話だよ。ありとあらゆる小説の——最初の読者は誰なのか。考えてみたまえ。様刻くんは考えるのが得意なのだろう？」

「…………」

病院坂はいつもの調子——だけど、いつもよりもちょっと物言いが意地悪な気がするのは、こちらの心理に起因する問題だろうか。

「最初の読者は本を売る書店員さんだ……とか、最初の読者は本をまとめる編集者だ……とか、そんな話を聞いたことがあるかな。けど、一般論で語ろうにも、やっぱそれは作家によるんじゃないのか？」

「いや、そういう観念的な話ではなく、もっと物理的に考えればいい」

トランクを閉めるのと同時に、病院坂はこう言った。

「作家自身だよ」

「……ああ」

「どのような優れた作家でも、あるいはどのような愚かな作家でも、読まずに書くことはまず不可能だろう。ここまで言えば、僕がガードル・ライアス氏に提出した解決案というのは明らかだろう？」

蓋を閉じたトランクを大仰そうに起こして、若干の間を空けて、病院坂。

「『先生、あなたが生きてらっしゃるじゃないですか——』。僕はあの日、中華街で作家先生にそう申し上げたんだ。『読み終えた人間は必ず死ぬ』という法則は、一例でも例外があればたやすく崩れる。だから——安心してください、あなたが生きている限りにおいて何の心配もありませんと、そう申し上げた」

「そりゃ、なんていうか……屁理屈だなぁ」

普通、この手のテーマを考えるときは、作り手本人は例外におくのが暗黙の了解だろうに、その例外を一例として取り上げるか。完全にニッチを突く形での解決案である。

「さすがはくろね子さんと、惜しみのない拍手を送りたいところだけれど、それはそれで問題にならないか？　作家先生は『呪い』を信じちゃってるんだから——次は自分が死ぬかもしれないと、更なる恐れを抱くことになるかもしれない」

「それはオカルトを信じない人間の考え方なのだよ、様刻くん。面白いものでね、たとえば占いを信じる人間というのは、自分に都合のいい占いだけを信じる傾向がある。ノストラダムスの予言を信じ世界が滅びると思っても、自分が死ぬとは思わないのさ。呪いもまたしかり——血液型占いやら星座占いやら何やらが、なんとなく当たっている気がするのは、正解の部分だけ聞き取って、不正解の部分はすぐに忘れてしまうからだ。プラスしかカウントしないから、マイナスが働かない」

「いざそのマイナスに気付いてしまうと、プラスさえ否定してしまうってことか——でも病院坂、奥方やエージェントの死が、作家先生にとってプラスだったっていうのか？」

「小説を絡めて考えればそうだというだけだよ。別にその死を作家先生が悲しまなかったとは思っていない。ただ――『読み終えた人間が必ず死ぬ』なんて、そんな空想のような小説を自分が書いたという妄想は――作家にとっては魅力的じゃないのかな?」

まあ――それも真理か。

人の心は、一筋縄ではいかないよな。

「かと言って、自分の死まではそうそう肯定できるものではない。オカルトマニアというものは、大抵の場合、自分のことを特別な存在だと思っている――宇宙人の存在を語るとき、地球に住む人類もまた宇宙人であることを忘れているように。だから、その特別を否定してあげれば、途端に怖気づく。そんなものだよ――ま、だから、今日は作家先生とはそんな話をもう一度して、それでおしまいだ。十分もあれば終わる話だね。さて――様刻くん。ヒースロー空港までの移動時間を考えれば、最終日の今日は、名所を巡れて二箇所くらいだと思うけれど、どうする?」

「ふむ」

「早めに空港に着いておいて、免税品ショッピングをするという手もあるけれど。ブランド品とか、安く買えるらしいよ」

「あんま興味ないなあ」

「僕もだ」

「きみに合わせるよ。モノポリーの新作とやらを買いに行こうぜ。僕も外国の本屋ってのがどんなものなのか、見てみたいし。そのトランクは、チェックアウト後も、ホテルが預かってくれるんだよな?」

「うん。様刻くんのちっちゃなセカンドバッグは、預けるまでもないだろうけどね」

「作家先生とは何時に待ち合わせだ?」

「午後一時」

「じゃ、昼食――は、イギリスじゃ摂らないんだっけ」

「軽食を摂る分には問題ないよ。マクドナルドとか行ってみるかい? 気持ち、日本よりも割高に感じちゃうけれど」

「いや、折角だ、同じジャンク・フードなら、フィッシュ・アンド・チップスと洒落込もう」

「オッケイ……じゃ、行こうか」

病院坂が立ち上がったところで、特に何がきっかけというわけではなかったが、ふと気になったことがあって、彼女に訊いてみた。

「そう言えば、作家先生はきみの解決案について何て言ってたんだ？　気を悪くされなかったか？」

「いや？　別に。そんなことはなかったよ。ひょっとすると、揚げ足取りだと怒られるかもしれないと、それくらいの覚悟はしていたんだけれど……思ったより普通だったね。ただ、変わった反応と言えば、あれは変わった反応だったかな」

「ん？」

「『だ、っ、た、ら、私は』」

病院坂は殊更《ことさら》、口調を変えて言った。日本語なので、別に作家先生の口調を真似ているというわけではないのだろうが。

「『も、う、死、ん、で、し、ま、っ、て、い、る、の、か、も、し、れ、な、い、な――』って。そういう意味のことを仰っていた」

「…………」

変わった反応――と言うより、それは、変な反応だった。まだしも怒り出すほうが、まともな反応のような気さえする。作家先生の、その発言の真意は何なのか――しかし、それを考察する時間が、僕に与えられることはなかった。部屋の電話が鳴ったのだ。病院坂がすぐに出る――相手はどうやら病院坂の遠い親戚、今回の旅の仕切り人である笛吹という人らしかった。そしてその仕切り人がもたらしたのは、作家先生――ガードル・ライアス氏の死体が、彼の自宅で発見されたという知らせだった。

3　ヒースロー空港／ロビー（午後七時～）

「様刻くん。実はずっと言おうと思っていたのだが、様刻くんの履いているスニーカー、側面が破れているよね」

「え？」

言われて、確認する――すると、その通り、靴の底面と側面が一部分離していて、隙間から靴下が見えてしまっていた。

「うわ、なんだこりゃ……あー、でも、随分長く履いてたからな、この靴も。いつからこんなことになってたんだろう」

「僕が気付いたのは旅行の初日だ」

「は？」

「だから実はずっと言おうと思っていたと言ったろう――ただまあ、言い出しづらくてね」

「さっさと教えろよ！」

病院坂の遠い親戚、笛吹という人は、話によれば滅多に他人に行動を強制しないそうなのだが――仕切りはしても、本人が拒否すれば無理強いはしないそうなのだが、しかし今回ばかりは、病院坂（と僕）に対して、もう何もせず、誰にも何も言わず、さっさと帰国してくるように、命令したそうだ。病院坂もそれに逆らおうとはしなかった――しかし僕の靴について初日から気付いていたというのが本当ならば、それを今更教えるということは、つまりそれだけ、穏やかな気分ではないということなのだろう。通常の病院坂なら、日本に帰るまで、それを僕に教えることはないはずだ。怒っているわけでもないし、悲しいわけでもないのだろうが――普段通りではいられないのだろう。

ヒースロー空港。オープン喫茶の前の席で、僕と病院坂は、飛行機の時間を待っていた。あと約一時間。既に病院坂は旅行用トランクを手荷物として預け終え、身軽な身体となっているが、しかしどこか重い荷物でもしょっているように、肩を落としていた——いや、作家先生、ガードル・ライアス氏の死を悲しんでいるわけでもなければ、その死に責任を感じているわけでもないだろう。そんなことまで背負い込むほど殊勝な人間ではないし、また傲慢な人間でもないのが、我らが病院坂黒猫である。小説の中で自分が殺されたとなればあれほど取り乱す女だが、しかし現実のほうを否定しようとはしない。ならば今、彼女は何が気に入らないのか——それは、作家先生の死にはひとつ、『わからない』ことがあるからだった。不可解ではない——不可能なことがあるからなのだった。

「指摘して、お洒落のつもりだったら悪いなあと思って……どうする？　たぶん靴くらいなら、その辺の免税ショップで売ってると思うけれど。買いに行くかい？」

「あー……いいや。どうも旅先での買い物っての は、判断が甘くなっちゃうしな。慌てて買って、旅行の最後に靴ずれとかになっても困るし」

「ああそうかい……ストーンヘンジ」

「は？」

「いや、イギリスの名所と言えば、もうひとつ大きなところに、ストーンヘンジがあったなと思ってさ」

「ああ……あれってイギリスだったのか。けど、こう言っちゃなんだけど、別にそれほど見たいとは思わないよ」

「どうして。世界七不思議のひとつだよ」

「石が積んであるだけだろ？」

「まあ、突き詰めて言えばそうだけど。しかしそんなことを言い出したら、ピラミッドだって、石が積んであるだけだよ。ロゼッタ・ストーンだって突き詰めれば石でしかないだろう」

「ロゼッタ・ストーンのことを悪く言うなよ。……

今の文明が滅んでさ。それで、新人類がその遺跡を発掘したら、やっぱり、大抵のことは不思議にされちゃうんだろうな」

「ま……オカルトに走ることは思考停止の、一番冴えたやり方だからね。しかし僕はそのやり方を採用したいとは思えないな。幽霊がこの世にいるとも——思えない」

殊更、そんなことを言うのは——やはり作家先生のことが、念頭にあるのだろう。

ガードル・ライアス氏の死体が発見された。仮に、それがそれだけだったとしたら、不気味だとは思うが、しかし不可能だとまでは思わないだろう。それは僕が小説に書いたことではあるが、『呪いの小説』を読む読まないにかかわらず、人間は生きている以上、必ず死ぬのだから。どんな死に方をしたにせよ——どんな死に方をするにせよ、それは自然の摂理というものだ。

問題は、作家先生の死亡推定時刻が、現地時間の一月十九日——つまりは僕達と会食する前日であるというところにあるのだ。

自宅で——首を吊った姿で発見されたという。その状態で一週間——きっと重みに耐え切れなくてロープが引きちぎれるか、あるいは重みに耐え切れなくて首が引きちぎれるか、どちらかの状態で、発見されたのだと思う。できれば前者であってもらいたいものだが、どちらにしたって、救われないことには違いない。

「仮に、死亡推定時刻が正しいとするなら——僕達があの日、中華料理をご馳走になった相手は、いったい誰だったんだろう」

「当たり前に考えるなら、別人ということになるんだろう——作家先生の名を騙《かた》った別人だと思うべきなのだろう。しかし、あれは絶対に作家先生本人だったよね」

「うん……それは間違いない」

僕達は事前に著者近影を確認しているのだ。可能性を探るなら、著者近影の時点から別人だというケースも考えられるが、しかしそんなことまで言い出したら、いよいよ話が終わらない。

「ちゃんと笛吹のことも知っていたし……、僕や様刻くんのこともしっかり認識していた。人違いということもない」

「……自殺の動機は？　笛吹って人は何て言ってるんだ？」

「詳細はまだわからない——そうだ。死体が発見されたばかりらしくてね。出版社の人間が作家先生にまったく連絡が取れないのを不審に思って、自宅を訪ね、それで発見したとのことだ。これだけのことでも、まだ表には流れていない情報だよ」

「きみのくろね子ネットワークもそうだけどさ……病院坂一族は、いったいどんな情報網を持ってるんだよ。日本にいながらにして、どうやって親戚さんはその情報を入手したっていうんだ」

「一族の人間がみんなそうというわけではないさ。従妹の迷路ちゃんなんか、その辺りはむしろ弱くてね——そこを弔士くんにいいように付け込まれていたのだろうけれど」

「けど、本当に僕達、このまま帰っていいのかな」

僕は言う。いや、これはもう、朝から何度も言っている言葉ではあった。

「昼間に会う約束をしていたことは、調べりゃわかることなんだから——まるで国外逃亡じゃないか。僕達が犯人だと言ってるようなものだ」

「だからそんなことはないって」

病院坂も、朝から何度も繰り返している台詞を、もう一度繰り返した。

「飛行機のチケットはずっと前から予約していたものだから、その便に乗って帰るのは普通のことだし、僕達は作家先生の死を知らないという設定なのだから、ならばドタキャンされたと思うのが当たり前だ。そもそも——作家先生の死亡推定時刻の頃には、僕達は日本にいるか、せいぜい飛行機の中なんだからね。僕達が作家先生を殺した犯人だという可能性はまったく皆無だ」

　それに、と病院坂は、言葉を続けた――それは今回新たに、付け加える言葉だった。

「自殺に犯人も何もない」

「……自殺に見せかけた殺人じゃないのか？」

「自分達の書いた小説に毒されている――というのだろう、そういうのを。きみが小説に書いた言葉ではないか。笛吹が自殺だと言えば、それは自殺なんだよ」

　自嘲気味に、病院坂は言う。

「あのリレー小説……、事件がどんどんショボくなっていったよね。飛行機の中でお坊さんが殺される！　という不可能犯罪は、なく。奥方とエージェントはふたりとも自殺！　したわけじゃない。奥方の死は仕組まれたもの！　じゃない交通事故死だし、エージェントの死は自殺に見せかけた殺人！　でもない病死。日本から来た女子高生は殺され！　ない。しかし最後の最後でとんでもないことが起きたものだ。現実は小説のようにはいかない――否、小説は現実のようにはいかない、かな。事実は小説よりも奇なりとはよく言ったものだ」

「誰が言ったんだろうな」

「バイロンの言葉だよ。イギリスの詩人だ」

「そりゃ奇遇だな」

　まさしく――事実は小説よりも奇なり、だった。

「あの日、僕と病院坂が作家先生に会ってさえなければ、何も不可解なことはないんだけれどな。僕達が見たのは夢だったのかもしれない」

「それは、あのとき会ったのが作家先生の幽霊だという解釈とさほど変わらないよ。『だったら私はもう死んでしまっているのかもしれないな――』、か。悟ったような言葉だが――今から思えば鼻につくことこの上ないな。このくろね子さんを馬鹿にしている。やれやれだよ」

「……わからないことがあって、死にたくなってくるか？」

「幸い、様刻くんが死の疑似体験をさせてくれたお陰でね、死にたくはなってない――あ、ごめん。皮肉な言い方になっちゃったかな？　様刻くんの誠意を認めて、もう許してあげたんだったよね」

くすくすと、病院坂は笑った。思い出し笑いのようだ。誰のどんな姿を思い出して笑っているのかは、勿論、まるで見当がつかないけれど。なんだよ、そんな笑い方をされたら、まるで僕が土下座でもしたみたいじゃないか。

「どういう形であれ――奥方、エージェント、それに作家先生本人と、今のところその小説を読んだ人間は、全員、ひとり残らず――死んでしまったんだよな」

読み終えた人間は必ず死ぬ――呪いの小説。

「こうなれば、いっそ本当に様刻くんのアイディアに従って、作家先生の新作を読んでみるしか手はないかもしれないね」

「おい、病院坂――」

「冗談だよ。それに、そもそも読ませてくれるとは思えない。エージェントがつくような作家の原稿の管理はね、とても厳しいんだよ。権利意識がとても高い。極東の島国の女子高生が、頼んだからって読ませてくれるものじゃない」

笛吹ならまた別だろうけどね――と、病院坂は言った。

「で、その管理された原稿は、これからどうなるんだろうな？　作家先生が死んじゃったら、著作権はどうなるんだ？」

「さて――普通に考えたら遺族のものとなりそうだが、どうだろうね。そもそも世に発表されるのかな。……いや、されるか。作家先生は、自らの命をもってして『呪い』を祓ったのだ――とか、なんとか言ってね」

「ああ――自殺だしな」

「あるいは自殺の理由は、本当にそんなところなのかもしれないな。精神的に追い詰められて、もうそうすることでしか新作を世に出せないと思ってしまった——もっともこれはあの日、僕と様刻くんが、作家先生と会っていなければという仮定においての話になるが」

「やっぱそれで、話がおかしくなっちゃってるんだよな——それさえなければ、その解釈ですっきりするんだけれど」

混乱してしまう。

「『呪い』を否定できる。……大体、『呪い』だとしたら、順番がおかしいよな。読み終えた順番から言えば、作家先生は一番に死んでいなくちゃいけないんだから」

「そう。だから『呪い』ではない——そして『幽霊』でもない」

「じゃあいったい、あれは誰だったんだろうな。あ あそうだ、あれは蠟人形だったってのはどうだ？」

前にもこんなことを言ったな、いや言ったんじゃなくて小説に書いたんだったたか。どちらにしろ、噴飯もののばかげた冗談だが。

「その蠟人形を作家先生本人と間違えて、僕達はガードル・ライアス氏と会った気になってたんだ。それで全て説明がつく」

「……で、その後、蠟人形は融かして処分し、証拠は一切残らない、かな？」

「うん」

「ありかもね」

「は？」

まさか病院坂が、こんな冗談を肯定するとは思わなかったので、僕は驚いて彼女のほうを向いた——病院坂は正面を見据えるようにして、真剣な表情をしていた。

「そうとでも考えないと——辻褄が合わない」

「いやいや、病院坂。ひょっとしたらきみは知らないのかもしれないけれど、蠟人形は中華料理を食べないんだよ」

「そうなのかい。それは知らなかった」

病院坂は聞いているのか聞いていないのか、適当な相槌を打つ。

「じゃあ蠟人形ではないのだろう」

「いや、そりゃそうだけど」

「様刻くん」

ボストンバッグの中を探って、病院坂は、一冊の本を取り出した。それは日本語に訳された、ガードル・ライアス氏の著作である。

「作家になるには、どうすればいいと思う？」

「……なんだ？　アメリカ行きを諦めて、小説家を志望することにしたのか？」

「一般論だよ」

「さあ——新人賞にでも応募すればいいんじゃないかな。あるいはコネで、出版社との仲を仲介してもらうとか……自費出版って手もあるよな」

「こんな言葉がある。『作家になるためのもっとも簡単な方法は、人間をやめることだ』——よく言ったものだよね」

「誰が言ったんだ？」

「実は僕の思いつきだ」

思いつきかよ。

「今日の昼間、本屋に行ったじゃないか」

「行ったな」

「そのとき、ガードル・ライアス氏の著作をあたってみた——だけどね。ペーパーバックのものが一、二冊しか置いてなかったよ。まだしも日本の」

持っていた文庫本を、掲げるようにする病院坂。

「本屋のほうが、置いているくらいだろう」

「へえ——」

聞いていた話と違うな。ベテランで、十二冊の著作を持つ、そこそこ名の知れた作家だという話だったと思うが。

「——でも、そんなもんかな。海外のブランドの価値なんて、日本まではわからないし——この時代に、三年も新作を出さなかったら」

「生涯に一冊しか出さなくとも、巨万の富と絶大なる名誉を得た作家も存在するよ」

「そんなもんか。で？　それがどうした？」

「だからさ——作家先生にとって、三年振りのその新作は、まさしく勝負作だったんだろうなと思ってさ。命をかけてもいいくらい」

「………………」

「売れない作家は人間扱いされない——売れる作家は人間ではない。これもまた、僕が今思いついた言葉だけれどね。様刻くん、僕はわからないことがあったら死にたくなるとは思ったことはあっても、死んでもいいからわかりたいとは思ったことはないんだ。だけど——世の中には、そういう人間もいるのかもしれないね。何かに殉じるということが、そこまで正しいことだとは僕は思わないんだけどね」

「……何か、わかったのか？」

「うん。ついさっき、様刻くんが蠟人形の話をしてくれたときに、思いついた。というか——思い出した」

「へ？」

思い出した？　何を？

「そろそろ飛行機の出発時刻だ。続きは飛行機の中で話そう、様刻くん。幸いなことに、フライトは十二時間——潰すべき暇はたっぷりある。ゆっくりと時間をかけて、現実の謎を解くとしよう。どうして作家先生は死ななければならなかったのか——」

病院坂は立ち上がった。

「——どうして僕達は、ロンドンまで来なくてはならなかったのか」

4　機内／座席番号21列目（午後八時〜）

「謎解きとは言ったものの、実のところ解くべき謎は存在しない。そもそも謎だの不可解だの言ったところで、所詮それは観測する側の問題であり、視点人物が至らないからこそ、見るべきものが見えないなんてことが起こりうる。

「今回の件は正にそうだ——前日に首を吊ったはずの人間と会食した。こんなことが起こりえないのは言うまでもない。かと言ってあれが幽霊だったのだという解釈は思考停止でしかなく、勿論、蠟人形などでもありえない。蠟人形は中華料理を食さないからね。

「で、様刻くん。たとえばこれが推理小説だったならどういう風に考える？　いや、推理小説だと仮定すると、変に穿って考えてしまうか——クラスメイトから聞いた話だと考えてみよう。クラスの、大して仲のよくない生徒がそんな話を持ちかけてきたんだ。きみはどう答える？

「そう、きっとこう答えるだろうね——『じゃあそれは双子の兄弟か何かだったんじゃないのか？』。それが常識的な考え方だ。ひねた考え方をする必要はまったくないんだ。

「けれど、作家先生に双子の兄弟がいるなんて話は聞いたことがない——そうそう都合よく、双子の兄弟などいるわけがない。だとすると、様刻くんの解答はどうなるかな？　『じゃあそれは他人の空似だろう』とか、そんな風に変化するはずだ。

「だけれど、それも双子の兄弟と同じだ——そうそう都合よく、似た人間が見つかるわけがない。世界には自分にそっくりな人間が三人いると言うけれど、世界には六十六億人の人間がいる。六十六億分の三。そうそう見つかってたまるものか——これもまた、常識的な考え方だ。

「しかしね、様刻くん——常識というのは、時代と場所によって変わるのだ。様刻くんも、今回のロンドン旅行で色々とカルチャーショックを受けただろう。例のリレー小説に書いたことも、書かなかったことも含めてね。イギリスと日本は、共に島国だから、そういう意味では文化が比較的近いほうではあるけれど——それでもアイルランドと接しているし、連合王国ということもあって、やはり日本とは大きく違う。歴史も違う——宗教も違う、気候も違う、言語も違う。

「国境を越えたら、そこは別世界と考えるべきなのだ。余計なことを言うべきではない。

「いや、別に至らない国際論を打とうという気はないよ——僕も別にナショナリストというわけじゃないからね。ただ、国境線をまたいでいることを考えれば、新たな可能性も生まれるんだ。

「大体、どうして作家先生は、『呪いの小説』についての相談を、国境線を越えて、笛吹に持ちかけたんだろう？　このイギリスにだって、その手の相談を受け付けてくれる機関は多数存在する。なのにあえて、日本人に相談した理由は？

「笛吹が一番信用できたから？　ああ、そりゃないない。僕の遠い親戚の笛吹という男は、この世で一番信用ならない男だよ——言ったろ？　丸投げ主義の道楽者なんだって。

「ただ——作家先生にとって重要だったのは、笛吹が外国人だったということだよ。もっと言うなら、東洋人であり、日本人であるというのが重要だった。

「どうやらもう見当がついたようだね、様刻くん。そう、観光二日目にタクシーの中で話した通りだ——第三章において、弔士くんに置き換えられているが、しかし実際、あの会話は様刻くんと交わしたものだったよね——人は見慣れないものを区別することはできない。普段からテレビを見ない人は、アイドルが全員同じように見えてしまう。十代の若者は時代劇はどれも同じように見えてしまい、六十代の老人はアニメがどれも同じように見えてしまう。推理小説なんてどれを読んでも同じという人もいれば、ライトノベルなんてどれを読んでも同じという人もいる。西洋人には東洋人が誰でも同じように見えてしまうし、東洋人には西洋人が誰でも同じように見えてしまう。だから——

「海外においては他人の空似が非常に多いのだよ。「服装や髪型、あとは体格を似せておけば、顔はそこまで似ていなくとも——同じ人間に見えるんだ。特に僕達は、写真でしかガードドル・ライアス氏を知らなかったのだからね。

「大体、おかしいと思ったんだ——笛吹ならいざ知らず、どうして笛吹が代理で寄越した女子高生に、大の大人がまともに相談を持ちかけるのか。リレー小説の中で、その疑問には適当な解決をつけておいたが、しかし小説世界ならいざしらず、現実においてはそんな代理は許されないだろう。けれど、それでよかったんだ——いや、むしろよりよかったのだと言える。笛吹よりも、海外旅行の経験がない僕のほうが——より騙しやすいのだから。

「笛吹は笛吹で、メールでしか作家先生とやり取りをしていなかった。だからもしも道楽者の笛吹が気まぐれを起こして面倒臭がらずに自分でロンドンに来ていても、きっと結果は同じだったろうな。英語を喋れれば世界中の人と友達になれる——こうなってしまうと、滑稽な言葉でしかないな。

「ま、そのお陰でロンドン観光が楽しめた以上、どうしたって文句を言える筋ではないが——はなから騙すつもりで呼ばれたのだと思うと、かなりのがっかりだね。

「どうしてそんなことをしたのかということについては、説明する必要はないよね？　当然、『呪いの小説』を成立させるためだ——『呪い』に真実味を与えるためだ。奥方が死んだ、エージェントが死んだ。それを作家先生は悲しんだことだろう。しかし——これで自分が死ねば、三年振りの新作を、より価値あるものとして世に出せることにも、また気付いたのだ。

「僕が指摘するまでもなく——作家先生は、最初の読者が自分であることには気付いていたんだ。自分が命を絶てば——『呪い』が成立する。それが、『だったら私はもう死んでしまっているのかもしれないな』という発言の真意だ——もっとも、その発言をしたのは、他人の空似の、空似の他人だけれどね。金で雇われた人間か……狂信的なファンか。いずれにしても、既にロンドンにはいないだろうな。

「誰だって人殺しにはなりたくない——小説のために奥方やエージェントを殺すなんて、ありえない。しかし——他人を殺すことはできなくとも自分を殺すことはできる。そういうことだ。

「とは言え、ここからが難しい心理でね。『呪い』は、誰かが『呪い』だと指摘しない限り、『呪い』として成立しない。しかし自分から言い出すのはいかにもわざとらしい——首を吊るとき、遺書にでも書いておくか？ それもまた、むしろ商売っけと判断されるだろうね。

「ならば誰かに相談を持ちかけるという形はどうだろう——そして『不安を吐露したのち』に、命を絶てばいい。吐露した不安を、きっと相談相手が語りついでくれるだろう。

「けれど——それもまた、わざとらしい。『呪い』が成立する前に『呪い』の存在を肯定するのは、胡《う》散臭《さんくさ》い——自ら行動して予言を成就させようとする予言者がいるように、これから死ぬつもりで相談を持ちかけてきたのだと思われたら、それは本末転倒だ。なら——死んでから相談を持ちかけたらどうだろう？

「そんなことは時系列的に不可能だが、もしもそれができたとしたら——それに越したことはないね。

「かくして、僕達はロンドンまで引っ張り出されたということだ――はばかりながら、類まれなる人間観察眼を持つ僕でも、初めての海外においてはその実力を発揮できなかった。いわんや、様刻くんは言うに及ばずだ。

「ホテルのロビーで会ったときの帽子やサングラスは、現地人対策と言ったところだろう――有名人ゆえの変装だと、思い込んでしまったがね。

「証拠？　ああ、僕達が会ったのが作家先生本人ではなく空似の他人だったという証拠かい？　うん、あるよ。ほら、憶えているかな？　あの日――僕は会食の席で、サインと写真撮影をお願いし、断られたよね。まあ、気難しい作家さんなら珍しいことではないが、しかしそれ以前に、そんなお願いを受諾するわけにはいかないさ。別人なのだから、写真を撮られ、それを誰か――顔見知りの人間や、そうでなくともイギリス国民六千万人のうちの誰かに見られたら別人であることは知れてしまうし、サインも同様、筆跡が出ちゃうからね。

「そんなのは証拠にならない？　本当にただ、気難しいだけかもしれないだろうって？　その通り――まあ様刻くんだって、自分の目のほうを信じたいだろうしね。僕だって、あの日会ったのは絶対に、しかも間違いなく作家先生だったと笛吹に散々主張してしまった手前、こんな推理を披露するのは本当は恥ずかしいのだが、何、僕の得意技は前言撤回だからね。

「けれど決定的な証拠がある――このデジカメさ。確かに写真撮影は断られたはずだろうって？　その通りだ。うん、こっそりと撮ることも無理だった。だけどさ――様刻くん、最近の電子機器っていうのはオールインワンでさ。

「このデジカメ、動画も撮れるんだ。

「動画が撮れるってことは音声も撮れるってことでね――実は僕は、あのとき、カメラをポケットに入れて、ずっと動画を撮影していたんだ。画面に映っているのは、ずっとポケットの内壁だけど――音声については、ポケットの外のもの、つまりあのときの会食の内容が録音されていた。

「別に作家先生の大ファンだから、その音声を記録にとどめたかったというわけではないよ。所詮、僕にとっても、英語は第二言語だからね――ヒアリングに完全な自信があるわけじゃないんだ。買いかぶってもらっちゃ困る。万が一にも、相談内容に聞き漏らしがあっては大変だ、あとで確認できるように記録しておきたかったのだよ。ICレコーダーでもあれば、そのほうがよかったんだけれど、あいにく僕はそんな便利なものを持ち合わせてなかったので、デジカメの動画撮影で代用したというわけだ。

「リレー小説の第三章、僕の担当したパートで、弔士くんに携帯でロゼッタ・ストーンを撮影させたろう？　動きもしない展示物を動画で撮らせたりさ。あの発想は、実体験に基づいていたというわけだよ。そうでもないと、ロゼッタ・ストーンを動画で撮影しようなんて奇抜なアイディアは生まれないよ。

「つまり――このデジカメには、あの日、僕達が会食した人物の肉声が録音されているというわけだ。まま、社交辞令で頼んだサインや写真撮影とは違って、断られたら困るから本人の許可を取らずに録音したわけだし――ヒアリングに自信がないなんて、自分の英語力のなさを露呈するようなものだしね――裁判では使えない証拠かもしれないけれど、でもこれを本人の肉声と聞き比べれば、声紋検査をするまでもなく、その差異が浮かび上がるはずだ。もっとも――それもまた、イギリス人に区別してもらう必要があるだろうけどね。視力同様に聴力も、慣れない音を同じ音だと聞き取ってしまうからさ。

「まあこのデータは帰国後、笛吹に渡しておこう――笛吹も作家先生の声を聞いたことがないとは言え、奴なら色々、ツテもあるだろう。スコットランドヤードの諸君に、いいように伝えてくれるかもしれない。

「ま、作家先生の行動が犯罪かどうかと言えば微妙な線だけれどね——突き詰めれば、彼はただ、自殺をしただけのことなのだから。

「そしてミステリーは文学ではなく美学なのだ」

「しかしそれにしても、疲れたな——残りのフライト時間は、全部睡眠に費やすことにするか。それにしても、小説の価値を高めるために自ら命を絶つとは、どう言い繕ったところで作家ってのは業の深い職業だ——僕もまだまだ修行不足だった、認識が甘い。様刻くん、今回の件では僕も色々と勉強になったよ。何かに殉じるということが美しいばかりだとは、やはり僕は思わないが、しかし自らが生み出すもののために自らの命を絶つ行為に、観察者として一片の美しさも見出さないわけにはいかないだろう。小説は読むものであって書くものではないと、僕が言ったのを覚えているかい？　リレー小説でも散々、引用してくれていたけれど、しかしあの言葉を、少しだけ修正させてもらうよ。即ち、小説は読ませるものであり、また書かせるものである。

えんでいんぐ

関西国際空港、搭乗口。正午より。

僕、括弧、櫃内様刻は渡された原稿を読み終えた。そして言った。

「まあ……面白いんじゃ、ないのか？」

「うん」

隣で、僕が原稿を読み終えるのを待っていた病院坂は、至極どうでもよさそうに、これでひとつの義務は果たしたとでもいうように、気のない返事をした。

「まあ、僕の感想も大体同じだよ、様刻くん。僕の描写に関しては大いに不満はあるけれどね」

「ふうん。僕は逆に、そういうのはないな……むしろ、『ああ僕、この状況でこういうこと言いそう』って、納得するみたいな気持ちになった。きみと一緒に自分達を登場させたリレー小説なんか書いたら、絶対にきみを被害者にするもん。こんな大人しい殺し方じゃ済まないだろうけれど、絶対に殺す。それですげー怒られて、土下座するところまではっきりとイメージできる」

「僕は様刻くんに土下座しろなんて言わない……」

病院坂は不満げだった。いや、きみは言うよと言おうと思ったが、まあ本気で嫌がっている風なので、あえてそうは突っ込むまい。

「しかしすげえな、その笛吹って人。病院坂、きみは別に、そこまで詳しく僕のことを話してないはずだろう？　なのにどうして、僕の心理の動きがこうもわかるんだ。完全にお見通しじゃねえか。それこそその人、予言者か何かじゃないのか？」

「笛吹は僕とは違って、他人の気持ちを解する男でね——僕のちょっとした言葉から、様刻くんの人格、キャラクターくらい作りあげてしまうのさ。もっとも、さすがの笛吹でも、弔士くんの人格までは作り上げられなかったみたいだね。弔士くん視点の章がないことが、それを証明している」

「あ、そう言えば」

そのようだった。構造的に、弔士くん視点の章がひとつくらいあったほうが、この小説はしっくり来るかもしれない。そんな風に納得しながら、病院坂の遠い親戚だという笛吹という人が書いたその原稿を、僕は彼女に返した。すると病院坂は、受け取ったその原稿を、流れ作業的にそのまま脇のゴミ箱に捨ててしまった。酷いことをする奴だ。旅行代金を全額持ってくれる条件が、病院坂自身がこの原稿を読み、そして僕に読ませ、僕から感想を聞いてくることだったそうなのだが——いずれにしても、随分と変わった親戚である。病院坂はともかく、会ってもいない人間である僕を、ここまで忠実に仕上げてしまうとは。何で僕の靴が、もうすぐ破れそうなくらいにぼろぼろなことまで予想できるんだ。

呪いより怖い。

「まあ、でも、細かく見ていけば、色々現実と違うところはあるよな……当然だけれど」

まず、ふたりとも制服ではない。私服である。病院坂の私服を見るのは今日が初めてだったが、なんというか、テレビでよく見る定番のギャルみたいなファッションだった。ブーツだったりピンクだったり毛皮だったりテンガロンハットだったり、こいつ、私服はこういうセンスだったのか……というか、初めての海外旅行に際しておめかしをするにあたり、多分、何を着ていいかわからずにマニュアル通りの格好をしてみただけなのだろう。また何と言うか、そんな出来合いのファッションがあつらえたようによく似合う。

「——それに、ロンドン旅行は、本当にただの観光だし。保健室登校でどうなるか微妙だったきみの卒業が遂に確定したことを受けての、まあ修学旅行兼卒業旅行。作家の相談事を受けに行くわけじゃないしな」

「しかしまあ、ガードル・ライアスという作家の存在は本当だよ。笛吹の友達だというのもね——もっとも、日本語に訳されてはいないのだが。奥方とエージェントは、健在だよ。ただし、オカルトマニアではあるらしい。書いた推理小説の一冊は、死者の呪いが原因の事件をテーマにしたものだ」

「かつ。だとすれば安易な話だな。その分じゃ、笛吹さんにはお坊さんの知り合いもいるんじゃないか？」

「いるよ」

「いるのかよ」

「正確にはお坊さんに変装するのが好きな某社のお偉いさん、だけどね。……情報網のこともそうなのだが、そもそもそれ以前に、あの男には変わった人脈が多いのだよ」

「…………」

嫌そうに喋るなあ。そこまでその人が嫌いなら、そもそもロンドン旅行の代金なんて持ってもらわなければいいのに。

修学旅行兼卒業旅行。

僕としては、言うことないけどな。むしろ、病院坂の卒業祝いとして、友達との海外旅行をプレゼントするなんて、粋なはからいをする親戚さんだとさえ思うけれど。センター試験直後という無茶なスケジュールを僕が呑んだのも、そんな笛吹さんの心意気に応えたいと思ったからだ。まあ、当然ながら家族の許可は取っているけれど。信用あるんだぜ、僕。

「でも、こういう作中作って言うのも、最近は見なくなっちゃったよな。昔はみんなやってたもんだけど」

「ま……世界観の変化って奴だろうね。今じゃインターネットだの携帯電話だの、個人が簡単に世界と繋がれるようになって、世界とかかわれるようになってしまったから——箱庭世界の物語は、時代に合わなくなってしまったのだろう。いまや個人にとって世界は遠くもなければ身近でもない、普通に手を伸ばせば届く、それだけの空間だ。世界は自分の外側にあるものではなく、また内側にあるものでもない。平たく並んでいるものだと——それが自明になってしまったからだ。と、僕は思うけれどね」

「は……なるほど。理屈だね」

「もっとも、それほど世界が繋がってしまった現在においても、自分の周囲五センチ以外を世界とは認められない頑固者も、いないではないようだ」

「つまり笛吹さんは、その類の人間だってことか。それにしても、作中作といい、解決編での鉤括弧連続の演出といい、笛吹さんってそれ以前に随分な懐古主義なんだな。話が合いそうだ」

「合わないよ。古臭いだけさ」

「……確かに今風じゃあないけどな」

「褒め言葉だけじゃ納得しない男なのでね、何かひとつ、不満も言っておいてくれるかい？　文句を言われるほうが喜ぶような嫌な男なのだ」

「えっと……じゃあ、くろね子さんや弔士くんだけじゃなく、この僕にも解決編をやらせて欲しかったってとこかな？　確かに、僕は探偵役には向かないかもしれないけれど——それくらいは遊びの範囲内だろ」

「ふむ。伝えておこう。トリックとかは？」

「ああ、僕、最近推理小説のトリックとかって、割とどうでもよくなってきたから。よっぽど無茶なものじゃない限り、許せるようになった。作中に書かれている通りだ。一瞬でも納得させれば作者の勝ちだ」

「そりゃ心が広い。あやかりたいものだね……許せるという言い方も随分上から目線だけれど、ま、様刻くんに限らず、読書とは基本的に上から目線なのか」

「それに、病院坂。僕はその小説を読んだことによって、ロンドンがますます楽しみになってきたよ。折角だから、この通りのコースを巡ってみようぜ。果たしてベイカー街で、くろね子さんは本当にあの通りのリアクションを取ってくれるのか、どうか。盛り上がって来たぜ」

「取ってたまるか。にこりともしない。……期待を裏切るようで悪いが、まずホテルの部屋からして別だからね」

「え？　そうなのか？」

「どんな不用心な女子だよ、僕は」

拗ねたような口調で病院坂は言った。そんな様子に、あまりからかうようなことは言わないほうがいいかと思って、質問の矛先を変えることにした。

「で。病院坂。遠い親戚って言ってるけど、その笛吹って人、具体的にはきみとどういう関係なんだ?」

「…………」

心底嫌そうに、病院坂はじとりとした目を僕に寄越して、

「父親だよ」

と言った。

「……それは嫌だな」

「病院坂笛吹。現在無職の、小説家志望だ」

ていうか近っ。一親等じゃないか。道理で病院坂についての記述が、リアルというかなんというか、いやリアルではないにしても、空想でもなければ偶像でもないわけだ。親でもない限り、この病院坂黒猫をこうは書けないよな。

「渡米したあとは、二度と会う予定のない人間だよ。卒業祝いだか何だか知らんが、ロンドン旅行程度で恩を売ったと思ってもらっては困る——」

と。

病院坂が吐き捨てるように言ったとき、まるでその言葉に重ねるように、搭乗口のどこかに設置されているのだろうスピーカーからやや大きめの音で放送が流れた。何でも、ロンドン市内で大規模な爆弾テロがあったらしく、それが原因で、僕達が乗る予定だった飛行機の欠航が決まったらしい。

「——丁度その恩も、消えてなくなったみたいだしね」

苦々しい顔つきで病院坂はゆっくりと頷いて、それだけ言った。言ったのはそれだけだったが、『あの男の仕切りはいつもこうだ』という、彼女のそんな心の声は、はっきりと聞こえてくるようでさえあった。

「笛吹さんの小説の中じゃ、作りごととは言え、五人が死んだけど——その爆弾テロとやらでは、いったい何人死んだのかな」

僕は座席から立ち上がって、病院坂に言う。

「さてね。ひとりも死んでないことを祈るばかりだよ」

病院坂は僕の言葉にそう応えて、膝を伸ばすように、席を立つ。そして言った——まるで一編の、つまらない物語を読み終わって、上から目線の感想を述べるときのように、僕の荷物に目をやりながら。

「じゃ、様刻くん。コンビニに寄って、帰ろうか」

The World in the world.

後書

まあ作家なんて因果な職業を選んでしまったからこそ思うことかもしれないんですが、しかしそれにつけても言語というものは根本的に複雑な問題を孕んでいるよなあと思う機会に恵まれています。言語の壁とか、そんな真面目な話をするつもりは更々ありませんが、しかしたとえば外国映画なんか、字幕スーパー版と吹き替え版、両方を見てみると、全然印象が違ったりして驚きます。同じことを言っているはずなのにまったくニュアンスが違うというのでしょうか。吹き替え版を先に見ると字幕スーパー版に違和感を覚えるし、字幕スーパー版を先に見ると吹き替え版に違和感を覚えるしで、どうにか両方いっぺんに見る方法はないものかと悩ましい話ですけれど、とにかく同じものを表現しているつもりでも、実際の頭の中ではほとんどかすりもしないほど違うことを考えていたり、そんな感じです。まあ国際的な外国語の話までもっていかなくとも、日本国内においても方言という奴で、同じことが言えるような気もします。杓子定規に捉えると言ってることおかしいというような場面に遭遇することも多々あり、更に言うなら、古語でもまたそうです。古典とか読むとき、今の人達は当然、それを現代語に訳することで認識しますけれど、しかしそれは、実際にその言葉を使っていた当時の人達の認識とはほとんど一致しないんだろうなあと思います。今の視点からはこう読めるけれど、でも当時の人達はそんな風には思ってなかった、みたいな。こうなってくると時代背景や文化的状況の代表としての言語、という捉え方になってしまい、ややもすると話が大袈裟になり過ぎますが、しかしこれを個人的な話に換言することも可能で、つまり、誰かと話すときに、お互い会話が成立しているつもりでも、実は全然かみ合っていないというような——時代背景が同じで文化的状況が同じで、使用する言語が同じであってさえ、それでもなお噛み合わないというような。言ってることも言ってる意味はわかるのに、どうしてか伝わらない。まあ、よくあることですね。なんだ、根本的に複雑な問題を孕んでいるのは言語じゃなくて人間じゃないですか。

本書は世界シリーズの第三弾、ロンドン編です。ロンドン編を倫敦編と書くと、なんだかこうとてもストイックに見えませんか？　前作、前々作において書くことのできなかった、病院坂黒猫と櫃内様刻の仲良しな日常を書くことができたので、作者的には嬉しい一作です。いや、書けてないかもしれませんが、ともあれ、世界シリーズの折り返し地点としての学園『外』編でした。あまり先のことを予告するのは趣味ではありませんが、一応言っておくと、次回作からは舞台は再び学園に戻ります。中学三年生になった串中弔士が挑む、日常の謎ならぬ異常の謎、学園七不思議に関する事件です。ほんとかよ！

本書を執筆・出版するにあたり、色んな人達にお世話になったことは最早言うまでもありませんが、今回は中でもお世話になった一冊です。中でも編集者の蓬田勝さま、安藤茜さま、そしてイラストを担当してくださったＴＡＧＲＯさんにはお世話になりまくりました。この場を借りて深く御礼申し上げます。それでは。

西尾維新

〈初出〉
小説現代特別増刊号「メフィスト」二〇〇八年五月号

きみとぼくが壊《こわ》した世界《せかい》

二〇〇八年七月七日　第一刷発行

KODANSHA NOVELS

定価はカバーに表示してあります

著者―西尾維新《にしおいしん》

発行者―野間佐和子

発行所―株式会社講談社

東京都文京区音羽二・一二・二一

郵便番号一一二・八〇〇一

編集部〇三・五三九五・三五〇六

販売部〇三・五三九五・五八一七

業務部〇三・五三九五・三六一五

本文データ制作―講談社文芸局DTPルーム

印刷所―凸版印刷株式会社　製本所―株式会社若林製本工場

N.D.C.913　222p　18cm

ISBN978-4-06-182600-7